「……ん。壮大」
「すごいすごい！
下がよく～見える！！」
「きれぇ～！」
ユキの武器
罪焔《さいえん》
（愛称：エン）
ヴァンパイア
イルーナ
ヒーリングスライム
シィ
初飛行船＆
雲海に大興奮！
魔王《まおう》になったので、
ダンジョン造って
人外娘とほのぼのする
11

勇者
ネル
異世界で
魔王に生まれ変わった
青年
ユキ
ウォーウルフ
リューイン
（愛称：リュー）

羊角の里で
家族旅行中!
羊角の魔族
レイラ
古代龍
レフィシオス
(愛称:レフィ)

「……ク、クゥ」
フェンリル
モフリル
（愛称：リル）
「……これは、将棋。
教えるから、リルも覚えて」

魔王《まおう》になったので、ダンジョン造って人外娘とほのぼのする

MAOU NI NATTA-NODE DUNGEON TSUKUTTE JINGAI-MUSUME TO HONO-BONO SURU.

11

著 流優 RYUYU

ILLUST. だぶ竜

口絵・本文イラスト
だぶ竜

装丁
AFTERGLOW

MAOU NI NATTA-NODE
DUNGEON
TSUKUTTE
JINGAI-MUSUME
TO HONO-BONO
SURU.

CONTENTS

プロローグ　王達との約束

ローガルド帝国、そして悪魔族が組んで出来た『人魔連合軍』。

魔界王達が主導し、俺もまたその戦列に並んだ『種族無き同盟軍』。

後に『屍龍《しりゅう》大戦』と呼ばれるようになった戦いは、俺達種族無き同盟軍の勝利で終わり――その、少し後のこと。

時間は、深夜。

空に雲はなく、綺麗《きれい》な夜空と月が世界を包み込んでいる。

電気などないため、基本的に夜の訪れが早いこの世界では、皆がとっくに眠りについているような時間帯であるが……簡易野営地から立ち上る仄《ほの》かな熱気は、未《いま》だ消えることはなかった。

種族の異なる者達が、興奮冷めやらぬまま『戦友』と酒を酌み交わし、戦いを語る。

長らく敵対していた種族同士が、だが種族など関係なく笑い合っている様子は、同盟軍の者達が命を賭《と》して目指した未来の片鱗《へんりん》を、確かに見せていた。

「――ふぅむ……これをお前さんが？」

そんな世界の中で俺は、エンの本体である大太刀を、種族無き同盟軍の一員であったドワーフ王ドォダに見せていた。

まるで宝石でも扱うかのような非常に丁寧な手つきで、彼はエンの刀身を隅々まで確認し、視線を滑らす。

相当な重量のエンだが、重さなど感じさせず軽々と扱っているのを見るに、彼の力量が窺《うかが》えるな。

あ、本体を見せてあげてもいいかは、勿論《もちろん》事前にエンに聞きました。

「あぁ。『武器錬成』のスキルでな。大太刀っていう種類の刀――いや、剣なんだ。最高の剣だろ？」

「うむ……こうして見ているだけでも、その秘められた力の強大さを無理やり理解させられる出来じゃぜ。どこまでも重く、どこまでも鋭く、それでいて均等に魔力の行き渡った、素晴らしい一品じゃ。まあ、只人《ただびと》が振るうにゃあ、ちと重量があり過ぎて無理じゃろうがのう。魔王の膂力《りょりょく》があってこその武器じゃな」

「……むぅ。エン、重くない」

と、ドワーフ王の物言いに、擬人化しているエンがむくれた声を漏らす。

「ハハ、そうじゃな。失礼した、ザイエン嬢ちゃん。――そして、この子が、この剣に宿っている魂と。……まさか、魔界で会ったこの子の正体が、そんなとんでもないものじゃったとはな。ドワーフの歴史も長いが、これだけ特殊な剣を目にしたことがあるのは儂《わし》も含め数人しかおらぬだろうよ。良いものを見せてくれたこと、感謝する」

満足そうな表情のドワーフ王から大太刀を受け取ると、彼はその分厚い顎鬚《あごひげ》を擦《さす》りながら言葉を続ける。

「『武器錬成』か……それが使える者は多いが、その魔法は武器の完成像の強固なイメージと、限りない魔力が必要となる。極めればどんな究極の武器をも刹那《せつな》に生み出すことが出来ると聞くが、鍛冶《かじ》を生業《なりわい》とする歴代ドワーフの中でも、その域に達した者は初代ドワーフ王しかおらん」

彼曰《いわ》く、初代ドワーフ王は武器錬成スキルを操り、一日で数百もの武具を造り上げ、後の世に神器として残っているようなシロモノも数多く生み出したらしい。

ふむ……神器か。

エンの可愛《かわい》さは神器級なので、俺も一つは神器を生み出したと言えるだろうが、正直今後の一生で、エン以上の武器を作り出せる気はしない。

俺に、その気が無くなっているからである。

彼女を生み出せたことで、心底から満足してしまったのだ、俺は。

今回の戦争で、神槍《しんそう》が無かったら相当ヤバかったことは確かだが、神槍レベルの武器がさらに欲しいかと言うと、全くそんな風には思えないしな。

アレも、出来ることなら海に沈めたいし。

もう、一生アイテムボックスで眠っていてほしいものである。

「実際、儂らが『武器錬成』を発動させても、出来上がるのは良くて名剣止まり。鍛冶の腕が良い者程良いものを造る傾向にゃああるが、結局炉で造った武器の方が出来が良くてな」

「炉の方が、出来が良くなるのか？」

「儂らの場合は、な。原因は、魔力じゃ。脳内の完成像を『武器錬成』にて具現するだけの魔力が足りず、故に完成したものも中途半端な出来になっちまう。だからと言うて、自身の魔力に合わせてスキルを使うと、武器の性能が落ちる。そういう訳で、儂らでは上手《うま》く扱えんのよ。恐らく、初代ドワーフ王に最も近付いた鍛冶師は、お前さんじゃろうぜ。本当に、大したもんじゃ」

そんな大袈裟《おおげさ》な……と思ったが、そうか。

よくよく考えてみたら、このスキルはそれなりに魔力を消費するんだった。

俺は結構な頻度で使用しているので、これが大層なモンだとは思っていなかったが、それは魔王の肉体が持つ豊富な魔力のおかげで、気にしないで済んでいるだけなのだろう。

それに、魔力が無ければ何度も発動させることが出来ず、となると鍛錬を積むのも難しくなり、スキルレベルも上がり難《にく》くなる。

そう簡単に良いものが作れないというのも、納得か。

「……そうだ、ドワーフ王。この槍、『神槍』っつう名前なんだが……これ、何だかわかるか？」

「むっ、こ、これは……」

ドワーフ王は、恐る恐るといった様子で、俺がアイテムボックスから取り出した神槍を受け取る。

エンを調べた時より、さらに真剣さの増した様子でしばらく確認した後、口を開く。

「……お前さん、コイツをどこで？」

「俺の嫁さんが覇龍って話は、以前に魔界でしただろ？　その関係で、嫁さんの故郷――龍の里に向かったんだが、そこで故あってコイツを貰《もら》ったんだ。あの骨のデカブツと戦ってた時も、コイツを使ってたんだが……正直、得体が知れな過ぎて、所持しているのも怖くてな。何かわかるといいんだが……」

「……いや、儂にもわからん。じゃが……」

言《い》い淀《よど》むドワーフ王。

その表情に浮かぶのは……畏怖《いふ》、だろうか。

「……いいか、魔王。世界にゃあ『神器』と呼ばれるに至った武器が幾つかあるが……それは、あくまでヒトが造り出したもの。数百年に一度の逸品に、伝承が備わって生まれたものが多い。じゃが……恐らくこの槍は、違う。お前さんの言う通り、もっと得体の知れない『何か』が、コイツを造ったんじゃろう」

……宇宙的恐怖を感じる話だな。

いや、マジで。

「……見ただけで、そこまでわかるのか」

「儂はドワーフの王じゃぜ。見た目は武骨じゃが……これは真の姿じゃない。内部に一分の狂いもなく緻密《ちみつ》に魔力が組み上げられ、素材の性質を余すところなく引き出しておる。到底、ヒトがやっていい技じゃあない。しかも、まだ何か仕掛けがあるな。それが何かまでは、わからんが……」

彼は鋭い眼光でジィッと神槍を眺めた後、一つフゥ、と息を吐き出し、俺にそれを返す。

「……お前さん、この槍はあまり使わん方がいい」

「あぁ、元よりそのつもりだ。今回、あんな化け物が出て来たから使ったが、そもそも俺にはエンがいるからな。それ以外の武器はおまけだ」

「……ん。主《あるじ》の武器は、エン」

胸を張るエンの頭をポンポンと撫《な》でてやると、ドワーフ王は愉快そうに笑う。

「ガッハッハッ、そうか、そうだったな。――うむ、暇がある時でいい。お前さんら、ドワーフの里に遊びに来んか。歓待するぜ？」

「お、それはいいな。時間が出来たら、是非とも遊びに行かせてもらうよ」

ドワーフの里か……楽しそうだ。

旅行に行きたいな、旅行に。

俺の返事に、ドワーフ王は「うむ」と一つ頷《うなず》き――と、こちらに寄って来た獣王が口を挟む。

「おっと、それならウチの里にも遊びに来るといい、魔王。ドワーフの里と我が国は近い、決して退屈はさせんぞ」

「ハハ、ありがたいね。是非そっちにも――あっ」

「む？」

「どうかしたか？」

突如声をあげる俺に、怪訝《けげん》そうな顔をする獣王とドワーフ王。

獣人の国で思い出したが……そう言えばそろそろ、リューの親族が再び来るという一年になるんじゃないか？

しまったな、戦争で頭から抜けていたが、それに関して何にも準備出来てねぇ。指輪くらいだ。

すでに、魔境の森に来てしまっている可能性もある。

ウチのヤツらなら、その場合でも上手いこと対処してくれると思うが……。

「獣王、ギロル氏族って知ってるか？　ウォーウルフ族の」

「む？　あぁ、無論だ。若い男が族長の一族だな。すでに帰らせたが、この戦争にも幾人か来ていたぞ」

あ、マジか。

それなら挨拶《あいさつ》でもしておくべきだったな。

大分悔やまれる。

「俺、そこの族長の娘さんを娶《めと》るんだ。その関係で、そろそろウチに来ることになってってよ」

「ほう……？　そうか、あそこと身内になるのか。ふむ……では、これからギロル氏族は扱《こ》き使って、出世させてやるとしよう。フフ、良いところに繋《つな》がりが出来たな」

何だか今、彼らの今後が決定付けられた気がしたが、聞かなかったことにしよう。

「そういう訳だから、帰るよ。こんな何も片付いていないタイミングで悪いが……」

戦争には勝ったが、当然ながら勝っただけじゃ終わらない。

後始末自体は、まだまだある訳だ。

ローガルド帝国側との本格的な戦後交渉はこれからだし、この王達もしばらくはこの国に残ることになるという。

魔界王に関して言うと、こっちのことは任せるという約束なので、ぶっちゃけ全然気にならないが……この王達は別だ。

人が良いので、後片付けを押し付けるのが、ちょっと申し訳ない気分なのである。

「何を言う、そんなこと気にせんで良いわ。お前さんは功労者じゃて、先に帰ったところで誰《だれ》も文句は言わんし、そんな奴《やつ》がおれば儂が拳骨食らわしたるわ」

「うむ、あれだけ活躍してもらった以上、後始末くらいは我らがせんと、面目が立たん」

「そうか……そう言ってくれると助かるよ。──っと、お師匠さん！」

次に俺は、近くにいたレイラの師匠であるエルドガリア女史を呼ぶ。

「ん、何だい？」

「お師匠さん、ウチ来ないか？　レイラも喜ぶだろうし」

「ふむ、ありがたいお誘いだけどね。悪いがアタシは一旦《いったん》帰るとするよ。老骨に長丁場は応《こた》える」

む……それもそうか。

ウチの温泉で疲れを癒《いや》してもらいたいところだが、無理強いは良くないか。

「わかった、ならこっちの用事が終わったら、レイラに聞いてお師匠さん達の里に遊びに行かせてもらうよ」

「あぁ、いつでもいい。待っとるよ」

行くところがいっぱいあって、これからしばらく、忙しくなりそうだな。

ただ、悪くない忙しさだ。

色々と楽しみである。

「ん、ユキ君帰るのか」

「ほんに、此度《こたび》は助かったぞ、ユキ殿」

「えぇ、最後の骨の怪物など、どうしたものかと思いましたよ」

と、そう話していると、何かしらの指示を出し終えたらしく、魔界王とエルフ女王、先代勇者レミーロがこちらにやって来る。

本当に忙しそうだったので全然話す機会がなかったが、執事のじーさんはアーリシア国王の代わりの、人間達の総大将としてやって来ていたようだ。

その元勇者の力で、存分に暴れ回っていたらしい。流石《さすが》である。

「君は、好きな時にこの国に来られるんだったよね？」

「あぁ、ダンジョンの力でな」

扉は、すでに帝城の一角に設置した。

我がペット達の中で最も身体《からだ》のデカい、オロチも通れるような大扉である。

いつものように念を入れ、繋がる先は魔境の森のみで、草原エリアや我が家には繋がっていないものの、これでもう毎日行き来が可能だ。

「そんな簡単に空間魔法が使えるとは、魔王とは恐ろしいものであるのう……いや、これからは『魔帝』と呼んだ方が良いか？　この国の次代の皇帝であるしな」

「フフ、魔帝ですか。恰好《かっこう》良いですね」

ニヤリと笑う、エルフ女王と執事のじーさん。

「ダンジョンは成長すると、色々出来るようになるんだ。あー、あと魔帝は呼ばれても反応出来ないだろうから、普通に魔王って呼んでくれ」

カッコいいが、多分自分のことだと気付けないだろう。

魔王と呼ばれるのが、意外と気に入っているのもある。

「それで、それがどうかしたのか、魔界王？」

「うん、君の方の用事が終わったら、一度こっちに顔を見せてほしいんだ。急がなくてもいいけど、なるべく早い内に来てくれるとありがたいかも」

「？　わかった」

まあ、それくらいはしようか。

ヤツとも……ローガルド帝国前皇帝ともそういう約束をしたので、元々様子を見には来るつもりだったしな。

「じゃ、行くよ。後は頼む。――お前ら、行くぞ」

彼らと別れの言葉を交わした後、活躍を見られていたらしく兵士達に可愛がられていたペット達を連れ、眠気が限界に達して大太刀に戻ったエンを肩に担ぎ、帝城へと向かう。

そうして俺は、敷地の一角に佇《たたず》む、魔境の森へと繋がる大扉を開き、ローガルド帝国を後にしたのだった。

第一章　リューとの婚姻

「――えー、という訳でわたくしユキは、この度皇帝となりました。ローガルド帝国という人間の国の皇帝です。今後は、多種族国家に変わっていくそうだけど」

俺の話を聞いていたイルーナが、可愛《かわい》らしく首を傾《かし》げる。

「こうてーって、王様のことだよね？　でも、おにいちゃんは魔王で、もう王様だし……二つ王様になっちゃったの？」

「あー……イルーナ、魔王って言うのは別に、王様じゃあないんだ。名前は王様っぽいけどな」

「？　そうなの？　おにいちゃん魔法すごいし、リル達もペットにしてるし、そういうものの王様なんだと思ってた」

……一理ある、というか、確かにそれで『魔王』なのかもしれない。

魔を従え、支配する王だ。

うーむ……前々から思っていたが、イルーナは物事の本質を見抜くのが上手《うま》いよな。

「皇帝って……何をどうしたらそんなことになるんだかねぇ。無事に帰って来てくれたから、良かったけど」

通信玉・改で戦争から帰ったと連絡し、すぐにダンジョンに帰って来たネルが、呆《あき》れたように笑いながらそう言う。

「心配してくれてありがとな。そういう訳で、戦争の方はこっちの陣営にとって良い形で無事に終わらせることが出来たが……今のところ俺らにはあんまり関係ない感じではあるな。ネルはちょっと影響あるか」

ウチの子達が大手を振って出掛けられるようにしようとは思っているが、それはまだまだ先の話だ。

五年か、十年は後だと思っている。

「そうだね……まあ、言って僕も、仕事は治安維持と魔物の討伐がほとんどだから、今までとあんまり変わりないかも。陛下の方が大変だろうね」

それは間違いないだろうな。

人間国家の中で、ネルの所属する国であるアーリシア王国は上から数えた方が早い程の力を持っている。

ローガルド帝国も同じような規模だったが、そことの戦争に勝利した以上、あの国王はこれからさらに忙しくなることだろう。

王様をやめるつもりだとか以前に聞いたが、またこれで遠退《とおの》いたんじゃないだろうか。

……ネルを通して、また上級ポーションの差し入れでもするとしようか。

「それで、俺の方も聞きたいんだが……そろそろリューの一族が来るっていう約束の一年だと思うんだ。俺がいない間に、何かあったりしなかったか？」

「ふむ、まだ来ておらんぞ。儂《わし》らでもその話をして、一応気を配ってはおったが、魔境の森付近にそれらしい集団は感じられんかったからの」

む、そうか……俺が戦争でいっぱいいっぱいになっていても、みんなでちゃんとその辺りのフォローはしてくれていたのか。

ありがてぇ。

レフィに続いて、照れたように少し顔を赤くしているリューが口を開く。

「え、えっと……ウチのお父さんはその辺り律儀な人なので、一年って言ったら一年で来ると思うんすけど、まだ来ていないとなると、多分その戦争関係で遅れてるんじゃないかなって思うんす。ただ、もう近くまでは来てるかと」

「そっか、ならその間に準備しよう。リュー、必要なものを教えてくれ。何でも用意するぞ」

「わかったっす、お願いするっす。えへへ……これでようやく、ウチも正式にお嫁さんっすね！」

「ようやくと言うても、元々すでに嫁の一人として皆認めておったがの」

「それでも、やっぱり嬉《うれ》しいんす。家出した身でありながら、こうして良い友達が出来て、良い旦《だん》那《な》さんが出来て、それを家族にも認めてもらえて……」

レフィの言葉に、抑えきれない様子の笑みをニコニコと浮かべながら、そう言うリュー。

……可愛いヤツめ。

「よかったね、リューおねえちゃん！」

「おめでとウだね！」

「……ん、めでたい。喜びの舞を踊るべき」

「え、よ、喜びの舞っすか？」

「いいね、リューおねえちゃんも一緒に踊ろう！」

「ひらひら～！　マわる～！」

そうしてレイス娘達も含めた幼女達全員が、ぶっちゃけ何だかよくわからないが非常に可愛らしい踊りを踊り始め、彼女らに促されてリューもまたワタワタしながら踊り始める。

その微笑《ほほえ》ましい様子に、俺達は笑った。


——それから、俺の方で起こったことや俺がいない間のことを皆で話した後。

「そういやレイラ、レイラのお師匠さんに会ったぞ。エルドガリアさんだったか。なんかすごい有名人らしいな」

「ええ、ネルから師匠が戦争に参加していたとは聞きましたー。普段は里に籠《こも》って研究に従事しているのですが、魔法の腕も一流なので、こういう戦争の時に時折呼ばれるそうなのですよー」

「あぁ、魔界王達も信頼してたよ。いいばあちゃんだったな。——んで、リューのことが終わったら、次はレイラんとこの里に行こうと思うんだが、いいか？」

「あー……わ、私の里ですかー」

ふわふわとした口調であっても、いつも明瞭《めいりょう》に喋《しゃべ》るレイラが、ちょっと困った様子で口籠る。

「？　どうした？」

「ええっと……里に行くと、魔王様にご迷惑をお掛けすることになると思うのですよー」

「迷惑？」

「はい、私達の種族が女系で、男性が滅多に生まれないということは、ご存じかと思いますー」

「ん、あぁ」

そういう話は、以前に聞いた。

レイラの種族には、男が非常に少ないのだそうだ。

ゼロではないそうだが、十対一くらいの割合でしか男が生まれず、羊角の一族での権力者も全員女性なのだという。

「つまり、私達の種族は子を生《な》す場合、必然的に別の種族の男性を夫にすることが多くなる訳ですー。羊角の一族は里の外に出ることが多いのですが、そこには好奇心以外にも自身の夫を探す、という理由があるのですよー」

なるほど……夫探しか。

「レイラの場合は？」

「十割が好奇心ですねー」

うむ、それでこそレイラさんだ。

「ですので、私が皆さんを連れ――魔王様を連れて里に戻った場合、夫候補と言いますかー……婚約者として見られてしまう訳ですねー」

「お、おう、なるほど、そうなるのか」

里に男を連れて帰った場合は、つまりはそういう関係の相手であると。

「そうなると、魔王様にご迷惑ではないかと思いましてー……まあ、一時の滞在ですので、適当に誤魔化《ごまか》しておけばいいとは思いますがー……」

「俺は別に、それくらいは構わないが……わかった、とりあえず後で、レフィ達と一度相談しようか」

「はい、それがよろしいかとー。ですが今は、リューのお祝いに関しての準備を進めませんとー。あの子、本当にこの時を楽しみにしていたんですよー？」

からかいの混じった笑みを浮かべ、そう言うレイラ。

「そうか……これで、レフィとネルに若干引け目を感じてるっぽいのが無くなってくれるといいんだけどな」

「リューの気持ちもわかりますけどねー。レフィ様もネルも、本当に素敵な女性なのでー……やはり魔王様が、たくさん愛を囁《ささや》いてあげるのが一番かとー」

「……努力する」

その俺の言葉に、彼女はクスリと笑った。

◇　◇　◇

――夜。

草原エリアの旅館に集った女性陣は、もはや何度目かわからない嫁会議を今日もまた行っていた。

メンバーは、ユキの嫁三人に加え、レイラ。

幼女達は、今回は参加していない。

「では、これより嫁会議を始める！　まずは、ユキの戦争での話をしようと思うが……とりあえず此度《こたび》は、女関係は何も無かったようじゃの」

「ご主人、そういうとこあるっすもんねぇ……しかも皇帝って、本当に何がどうなったらそうなるんすかね。無事に帰って来てくれたから良かったっすけど」

「ローガルド帝国なる国の皇帝が代々魔王で、そこのダンジョンを支配したことにより、次期皇帝となったようじゃの。とは言うても、一つ呼び名が増えただけのことじゃ。彼奴《あやつ》の性格上、国に関する面倒な仕事なんぞせんじゃろうし、彼奴自身が言っていたように、特に儂らに関係はないじゃろうな」

「魔王様は、いったいどこを目指しているんでしょうかねー……」

「それはもう、自らの望むままに、っすよ。思うがままに我が道を突き進むのがご主人っすから」

「考え無しじゃからの、彼奴は。行き当たりばったりとも言う」

辛辣《しんらつ》なレフィの言葉に、ネルが何とも言えない曖昧《あいまい》な笑みでユキのフォローをする。

「ま、まあ、彼なりの信念というか、自分がこうしたいっていう意志はしっかりしてるからさ。リューとの結婚式も、絶対に盛り上げるって固い意志が感じられるし」

「魔王様、張り切ってますよねー」

「必ずリューを喜ばせたいという強い思いが感じられるの」

「……あ、あの、恥ずかしいんで、それくらいで勘弁してほしいっす」

かぁっと顔を赤らめ、もじもじするリューに、彼女達は微笑ましそうに笑う。

――と、話が一段落したところで、レフィが切り出す。

「それと……ずっと言おうと思っていたことがある。関係性が一つ変わる良い機会じゃから、聞いてほしい。――リュー、レイラ」

「は、はいっす！」

「はい、何でしょうー？」

改まった様子のレフィに、姿勢を正すリューとレイラ。

「そろそろ儂を、『様』を付けて呼ぶのはやめよ。以前は気にしておらんかったが……様付けじゃと、儂が目上であるかのように聞こえるじゃろう。儂らの関係は対等じゃし、儂はお主らのことをかけがえのない友人であり、身内であると思うておる。故に、関係性を違《たが》うような呼び方はやめてほしいんじゃ。それとも、そう思うておるのは儂だけか？」

少し寂しそうにするレフィに、感じ入った様子でリューが言葉を続ける。

「レフィ様……そんなことないっす！　ウチも、ウチもレフィ様のことは大切な友達で、家族だと思ってるっす！　だから……これからは、レ、レフィって、呼ぶっすね！」

「あはは、リュー、何だか初々しいカップルみたいな感じだね」

「……まあ、レフィ様、じゃなくてレフィもウチも旦那さんがご主人である以上、実質的にウチらも恋人同士みたいなもんっすよね！」

「いや、どういう理屈じゃ、それは――って、こ、これ、引っ付くでないわ」

「えへへぇ……相変わらずスベスベで、抱き心地最高っすねぇ」

「あ、わかる！　レフィ、すごい抱き心地いいよね」

そんな会話を交わす二人に、ギュッとリューに抱き着かれたまま苦笑を溢《こぼ》すレフィ。

「フフ、なるほど……それは、あれですねー？　今後、お子が生まれた際のことを考えてのお話なのですねー？」

ニコニコと笑みを浮かべるレイラに、銀髪の少女は照れくさそうに答える。

「む、う、うむ……そうじゃな、そういうことじゃ。儂らが子持ちになるのも、そう遠くない未来のことじゃろうしな。その時、母親となる儂らの間に差があれば、子らにも影響があるじゃろう。それは、良くない」

「そういうことなら、わかりましたー。少し気恥ずかしい感じはありますが、これからは私も、レフィって呼ばせてもらいますねー」

「そっか……そんなところまで考えてくれてたんだね、レフィ」

「流石《さすが》、正妻っす……ウチ、レ、レフィみたいな包容力のある女になるっす！」

まだちょっと慣れていない様子で『レフィ』と呼ぶリューに、クスリと笑ってネルが言葉を続ける。

「フフ、うん、頑張ろう、リュー！」

「……何だか儂も、ちと面映《おもは》ゆいものがあるの。――あと、そうじゃ、レイラ。お主には一つ聞いておきたいことがあったんじゃが……」

「はい、何でしょうかー？」

「その……結局お主は、ユキのことをどう思うておるんじゃ？」

「魔王様を、ですかー？」

レフィは、言い難《にく》そうに少し口籠りながら、彼女の反問に答える。

「う、うむ……これまでの様子からしても、ユキとお主が仲良うやっておることはわかっておるのでな。お主にそういう気があるのならば、儂《わし》らは後押しするし、ユキの奴《やつ》にも言い含めておこうと思うての。まあ、これが完全に儂の早とちりであるならば、何を頓珍漢《とんちんかん》なことを、という話になるんじゃが……」

「……それに関しては、僕もちょっと聞きたいかも。胸に秘めておきたいこととかだったら、全然無理に言わないでいいんだけど……」

「……確かに、聞いてみたい気はするっすね」

遠慮するような彼女らの言葉に、レイラは困ったような苦笑を浮かべる。

「え、ええっと、そうですねー……正直に言いますと、旦那様がいれば幸せだろうとは思いますが、いないならいないで別に、構わないと言いますかー……それはそれで研究が捗《はかど》りそうなので、いいかなと、そんな風に思ってしまっているんですよねー」

珍しく、言葉に悩んだ様子を見せる、羊角の少女。

「魔王様がとても魅力的な男性であることはわかっているのですがー……好きなだけ好きなことをさせていただいている今の状況も十分幸せに感じてしまっていて……我ながら、実にどうしようもない性分だとは思っているのですがー……」

その彼女の本音に、どう答えたものかと悩ましい表情を浮かべるレフィ。

「あー……なるほどのう。実にお主らしい感じじゃのう」

「……これぱっかりは本人の気持ちなので、何とも言えない感じっすねぇ……けどレイラ、これだけは言わせてほしいっすけど、嫌っすよ！　ここでの研究に満足して、急にどっか行っちゃったりしたら……ウチ、レイラのことももう、家族みたいなものだと思ってるんすからね！」

「それは大丈夫ですよー。ここに来るまでは好奇心の赴くままにフラフラと知識を貪《むさぼ》っていましたが、今はもう生涯研究のテーマを『魔王及び迷宮の生態調査』に決めてしまいましたのでー。皆さんのお邪魔にならない限り、ずっと一緒にいさせていただけたら、と思っていますー」

「邪魔なんて、そんなこと思う訳ないよ！　レイラのこと、みんな大好きだから！」

「うむ、ユキの奴もレイラのことはかなり頼りにしておるしな。お主は、儂らの精神的支柱じゃ。共にいて心休まることはあれど、疎ましく思うことなどあり得ん」

「そうっすよ！　イルーナちゃん達もとっても懐いてるし、ネルの言う通り、ウチらもレイラのことは大好きっすから！　だから、これからもずっと一緒にいてほしいっす！」

「皆さん……本当に私は、幸せ者ですねー……」

彼女らの言葉に、レイラは心底から嬉《うれ》しそうに微笑《ほほえ》んだ。

――朝食時、俺は、すぐに違和感に気付いた。

「レフィ、ケチャップを取ってほしいっす！」

「ほれ」

自身の前にあったケチャップの瓶を、リューへと渡すレフィ。

「それにしても、うーむ……パンに軽く食材を載せただけの料理であるのに、何故《なぜ》こうも美味《うま》いのか」

「フフ、そう難しいものではないので、レフィにも作れると思いますよー」

ピザパンのようなパンを食べながら唸《うな》るレフィに、クスリと笑ってレイラがそう答える。

――リューとレイラが、レフィのことを『様』付けではなく、呼び捨てで呼んでいるのだ。

昨日《きのう》、また嫁会議なるものをやっていたようだが……そこで、何かあったのだろうか？

そんな俺の表情に気が付いたのだろう、レフィが声を掛けてくる。

「どうした、ユキ？」

「いや……仲が良さそうだと思ってさ」

「フフフ、家族っすからね！　仲が良いのは当たり前っす！」

「そうだね。レイラはともかく、リューはまだちょっと、照れが残ってるけど」

からかうような口調で、そう言うネル。

「これからっす、これから！　ネルだって、ご主人のことを本当は『あなた』って呼べるようになりたいけど、恥ずかしくてまだ無理って言ってたじゃないっすか」

「わわわっ、そ、それは内緒の話だって言ったじゃないか！」

「ネル、行儀が悪いぞ」

「そうだよ、ネルおねえちゃん、ごはん中に立っちゃダメなんだよ？」

「メ、だよ！」

思わずといった様子でガタリと椅子から立ち上がったネルを、レフィに続きイルーナとシィが窘《たしな》める。

「ぐ、ぐぬぬ……リュー、覚えておいてね……」

「さて、何のことかわかんないっすねぇ」

頬《ほお》を赤くし、恨めしそうなネルに、これ見よがしに顔を背けるリュー。

そんな彼女らのやり取りに俺達は笑い——と、俺はふと思い出してネルに問い掛ける。

「そうだ、ネル。今回はどれくらいこっちにいられるんだ？」

彼女は気を取り直すようにコホンと一つ咳払《せきばら》いし、俺の言葉に答える。

「リューのことが終わるまではこっちにいるよ。ただ、その後は多分しばらくこっちに来られないかも。今回も、本当は結構仕事があるのをほっぽって来ちゃってるからさ」

「ネル……ありがとうっす。謝るんで、さっきのことは水に流してほしいっす」

「それは流さないけど」

「やーん」

そんな、騒がしく、そしていつも通りの朝だった。

◇　◇　◇

マップに集団が現れたのは、それから二日後のこと。

確認すると、やはりウォーウルフ族の者達。

ギロル氏族だ。

俺は、皆にリューの親族が来たことを伝えると、迎えに行くためすぐに家を出る。

「これは……急いだ方が良さそうだな」

どうやら彼らは、ここから一番近く、俺も何度も行ったことのある人間の街、アルフィーロ付近にやって来たようだ。

あの街は、他種族と長らく敵対していた関係で、少々排他的な面があったはずだ。

マップを見る限り、戦闘をしている様子はないし、兵士に囲まれたりしている訳でもないので、緊急事態ではなさそうだが……どうであるにしろ、急ぐべきだろう。

俺は、ペット達に魔境の森と街との境界に集合するよう『遠話』機能で指示を出した後、自身もまた魔境の森内部に設置した扉を通り、あの街の近隣に降り立つ。

「――って、あれ？」

ウォーウルフ達は、すぐに発見した。

街の正面門で、何かやり取りをしているのだが……てっきりフードでも被《かぶ》っているのかと思ったら、思いっ切りその耳と尻尾《しっぽ》を出しており、行き来する人間達からバリバリ好奇の視線を送られている。

そして、彼らと共にいるのは……アルフィーロの領主、レイロー、か？

「――ユキ殿！」

俺が近付いて行くと、向こうもこちらの存在に気付いたらしく、レイローが声を張り上げる。

「領主のおっさん、久しぶり。リューの親父《おやじ》さんも、一年ぶりだ。元気そうで何よりだ」

「あぁ、久しいな、魔王。約束の一年より、こちらに来るのが遅れてしまった。申し訳ない」

コクリと頷《うなず》き、そう答えるリューの親父さん。

「いや、こちらこそ申し訳ない。そちらさんも戦争に参加してたようだけど、挨拶《あいさつ》出来なくて……」

「うむ、一言欲しかったのは確かだ。だが、その……何だ。色々忙しくしていたとは聞いている。今回に関しては、何も言わんでおこう」

「そう言ってもらえると助かる」

……何故かわからないが、リューの親父さんの口調が、以前と比べ、何だか少し固い感じだ。

歯切れが悪いと言うか、何と言うか。

他人行儀という訳ではないのだが、ちょっと距離を感じる対応である。

緊張している、という訳ではなさそうなのだが……。

と、そんなことを考えていると、彼の隣に立っていた女性が口を開く。

「ウフフ、この人、ユキさんのおかげで出世出来たのに、プライドが邪魔して素直にお礼が言えないんですよ。本当は感謝しているのに」

「い、いや、そういう訳ではなくてな……その、義理の息子となる以上、関係性を大事にすべきと言うか……」

少し情けない顔をして、ゴニョゴニョと口籠《くちごも》り気味になるリューの親父さん。

隣の女性に対し、この絶妙に頭が上がらない感じ、恐らくは……。

「えっと……リューの親御さんで？」

「はい、私がリューの母親の、ロシエラ＝ギロルです。娘がお世話になっているようですね」

ニコッと笑う、ウォーウルフの女性。

確かに、こうして見るとリューとよく似た顔立ちをしている。

ウォーウルフ族の者達は皆見た目が若々しいが、彼女もまたその例に漏れず、子持ちには見えない綺麗《きれい》な女性だ。

「ユキと言います。娘さんには、毎日を賑《にぎ》やかにしてもらって、とてもお世話になってます」

そう言って、リューのお袋さんに頭を下げる。

「あら、ご丁寧にありがとうございます。あの子のことをそう言ってくれると、私としてもやっぱり嬉しいものがありますね」

「……魔王、俺の時と相当対応に差がないか？」

「……そんなことはないぞ」

物言いたげな親父さんの視線から、俺はス、と目を逸《そ》らす。

そりゃあ……ね。

母親には、何も言えないですよ。

男ってのは、そういうもんでしょ。

俺は誤魔化《ごまか》すように一つゴホンと咳払いし、言葉を続ける。

「えっと、出世をしたと？　おかげと言われても、特に何かをした覚えはないが……」

「獣王様に口添えをしてくれたのだろう？　だから、その、何だ……」

「あなた、感謝する時はもっとちゃんと口にしないと、伝わらないわよ」

「……おかげで、我が一族は獣人族の中で要職に就くことが可能になった。感謝している」

「あー、なるほど……ま、まあ、力になれたのなら、こちらとしても何よりだ」

何ともやり難そうなリューの親父さんの様子に、苦笑を溢しながら、俺はそう答える。

そう言えばあの獣王、ギロル氏族を扱《こ》き使ってやるとか何とか言っていたな。

その関係か。

と、そこで俺は、俺達の様子を見て愉快そうに笑っていた領主のおっさんへと顔を向ける。

「それで……どうして領主のおっさんが親父さん達と一緒に？　というか、こんな堂々と種族を晒《さら》していいのか？　この街、他種族とはあんまり仲良くなかったと思うが……」

「うむ、恥ずべきことだが、その通りだ。ただ、貴殿も参加したらしい戦争の関係で、この街の在り方も大きく変革を迎えているのだ」

そう言って、領主のおっさんは話し始めた。

――どうやら、ウォーウルフ族の彼らは、種族間交流のための使者として選ばれたらしい。

今後本格的に他種族同士で交流を始めるため、人間国家であるこの国も他種族の受け入れを始めるつもりなのだそうだが、その交流の場の一つとしてこの街は選ばれたのだそうだ。

そして、どうもそこには、俺のことも関係しているらしい。

というのも、俺と、そしてネルが、玄関としてここアルフィーロを利用しているということが、国王レイドや魔界王達の間で話題に上がったのだそうだ。

この街を他種族も出歩ける場所にすれば、俺も大手を振って歩けるだろうと、まあぶっちゃけて言うと、ご機嫌取りの一つなのだろう。

微妙に苦笑いをしてしまいそうだが……まあ、何も言わないでおこう。

気を遣ってくれているのは、ありがたいし。

また、ウォーウルフの彼らがその使者として選ばれたのは、リューを通して俺と繋《つな》がりが生まれるからだそうだ。

先程言っていたように、どうも今後彼らは重用されるようで、どうせ魔境の森まで行くのだから一緒に仕事もして来いと、こうして領主のおっさんと会っていたらしい。

来るのが遅れていたのは、その仕事に関することが理由とのこと。

あの戦争の影響が、早くもこの街に訪れている訳である。

「全く、ユキ殿は会う度にすごいことになっているな。これから確実に時代の変遷を迎えるのに加えて、戦争の功労者が魔王とあり、何がどうなっているのか、混乱している者達が山のようにいるぞ。毎日私のところにも、相談ごとが山のように入って来ている」

……まだ終戦に至ってから、全然経っていないのだが、すでにそんなことになっていたのか。

「それでだな、魔王。実は、レイロー殿とこれから仕事に関する話をするところだったのだ。わざわざ迎えに来てもらったにもかかわらず、本当に申し訳ないのだが……」

「あぁ、ちょっとタイミングが悪かったか。わかった、そういうことなら出直そう」

そうか、こんな街の出入口にいたのは、まだここに着いたばかりだったからか。

「えっと、二日くらい見た方がいいか？」

「うむ、そうしてもらえると助かる。二日後、同じ時間帯にこの場所に来よう」

そうして俺は、彼らと一旦《いったん》離れ、ダンジョンへと引き返した。

……あれだな、二日後までに、リューの親父さんの俺への対応を、もっと普通に戻してほしいものだ。

彼の中に色々と葛藤《かっとう》が見え、こっちとしても大分やり辛《づら》いものがある。

以前のようにもっとぶっきらぼうな感じで話してくれていいのだが……恐らく彼の親としての思いと、族長としての思いと、それらが交じり合って胸中に複雑な感情が渦巻いているのだろう。

「親か……」

一人、ポツリと俺は呟《つぶや》いた。

◇　◇　◇

——二日後。

リルを前に恐縮した様子で固まるといういつものやり取りを終えた後、魔境の森からリューの親族達を連れて草原エリアの城近くへと出る。

「母さま！」

「あら、リュー。久しぶりね」

わざわざ外で待っていたらしいリューがこちらに駆け寄り、そのままの勢いで母親に抱き着いた。

幼女達が俺に抱き着いて来る時と同じような表情で、母親と顔を見合わせている。

……リューの親父《おやじ》さんが初めて来た時とは大分違う反応だな。

あの時、リュー、「げっ」って言ってたし。

彼自身もまた、俺と同じことを思ったのか、現在隣で苦笑を浮かべている。

きっと、父親というものの宿命なのだろう。

ロシエラさんは、微笑みを浮かべたまま自身の娘を上から下までまじまじと見詰める。

「あらあら、随分毛並みも良くなって、お肌も艶々《つやつや》で、綺麗になったわねぇ。その様子だと、とても良い生活を送らせてもらっているようね？」

「えへへ、はいっす！　ご主人と、そしてここのみんなのおかげで、毎日とっても楽しく過ごせてるっす！　母さまにも、みんなのことを紹介したいっす！」

「フフ、そうね、是非ご挨拶したいわ」

「ウチ、まだまだ勉強中っすけど、家事もお料理もちょっと出来るようになって来たんすよ！　レイラって言って、教えるのが上手な子がいるんす！　ウチの一番の親友っすね！」

色々と話したくて仕方がない様子のリューだったが、俺は笑ってポンポンと彼女の肩を叩《たた》く。

「リュー、落ち着け。たくさん話したいことがあるのはわかるが、それは少し後だ。長く移動して疲れているだろうし、まずは旅館の方に案内しないと」

そもそも、まだ玄関口だしな。

「あっ、そ、それもそうっすね！　――父さまも、一族のみんなもよく来てくれたっす！　旅館まで案内するんで、付いて来てほしいっす！」

そうして彼女を先頭にして、全員が移動を開始する。

「フフ、とっても元気そうじゃない、あの子。あなたは考え過ぎなんですよ。あの子があれだけ元気にやれているのならば、それで正解なんです」

「……そうだな」

小さく息を吐き出し、そう答える親父さん。

「お相手が魔王と聞いて、どんな方かとも思いましたが、穏やかな方のようですし」

「穏やか……穏やかか？」

親父さんがこちらを見てくるので、俺は爽《さわ》やかな笑みを一つ。

「どうも、穏やかです」

「……どう見ても穏やかではないだろう。戦争での話も聞いたが、バリバリの武闘派だぞ」

……武闘派なんて初めて言われたな。

確かに、敵は基本的に殺す主義なので、武闘派と言われればそうなのかもしれない。

「ご主人は家にいる時はかなりのんびりしてるっすよ！　基本的に、家事をするか、物を作るか、幼女達と遊ぶか、って感じっすね」

「あら、家庭的なのね。ウォーウルフの男達は、全然家事なんてやらないのに」

ロシエラさんの言葉に、ウォーウルフの男性諸君がサッと顔を逸らし、逆に女性陣が生温かい目を男性陣へと向けている。

ちなみに、今回ギロル氏族は、全員で二十名程だ。

以前に来た時にも見た面々も幾人かおり、その彼らともすでに挨拶は交わしている。

俺は一つ苦笑を溢し、言葉を続ける。

「ま、まあ、そちらさんはどうも狩猟民族みたいだし、ある程度は仕方ないものかと」

男が家事をするというのは、基本的に現代の価値観だ。

余裕のないこういう世界において、男は命を賭《か》けて食料を確保し、女性は家のことをやるみたいな分業になってもおかしくないのだろう。

戦争のある世界だと、戦える男の価値が自然と上昇するみたいな本を、昔に読んだことがあった気がする。

俺のフォローに、リューの親父さんは「そ、そうだ」とコクリと頷く。

「男は狩りをせねばならんからな！　それ以外の時間は身体《からだ》を鍛える必要がある故、仕方ないのだ」

「狩りはご主人もしてるっすけどね。けど、ほぼ毎日家事もしてるっすよ」

「………………」

「あ、あの、リューさん、そういうことは今は言わないでおいていただけると……」

何だか、俺の方が居たたまれない感じになってしまうので……そ、それに、俺は魔王の力があるから、半ばズルみたいなものなので……。

と、この話を続けると色々とダメージを受けると悟ったのか、リューの親父さんはゴホンと一つ咳払《せきばら》いし、誤魔化《ごまか》すように言葉を続ける。

「そ、それより、先の話に関してだが、そう言えば以前来た時にも子供達がいたな。あの子らは、どういう経緯でここに？　実の子という訳ではないのだろう？」

「あぁ、一人は森で拾った子で、四人がリルとかと同じダンジョンの魔物で、一人は剣だ。前は確かに、あの子らの紹介も出来なかったから、後で紹介するよ」

「色んな子がいるのね。会うのが楽しみだわ」

「……ロシエラ、お前はもう少し、疑問を覚えるということをした方がいい」

「？　どうしてかしら？」

「いや、どうしてって、お前……」

彼女の言葉に、何とも言えない表情を浮かべる親父さん。

「……リュー、お前の母さん、大物だな」

「あはは、よく言われるっす」

◇　◇　◇

「来たか。待っておったぞ」

いつもの旅館に到着すると、準備して待ってくれていたらしいレフィが俺達を出迎える。

「……お前、何でメイド服着てんだ？」

レフィは何故か、メイド服を着ていた。

俺が家を出る時は、いつものワンピースだったと思うのだが……いや、すげー似合ってはいるんだけども。

「うむ、今回の主役はリューなのでな。其奴《そやつ》を立てるために儂《わし》らは手伝いに専念しようと思うての。ネルもめいど服を着ておるぞ」

「え、えへへ……僕も着てみちゃった」

ちょっと恥ずかしそうにしながら、ひょこっとネルが顔を覗《のぞ》かせる。可愛《かわい》い。

「母さま、紹介するっす！　こっちの銀髪の子がご主人のお嫁さんの一人で、レフィシオス。それで、こっちの人間の子がもう一人のお嫁さんで、ネル。どっちも大事な家族っす！」

「うむ、レフィシオスじゃ。リューの母御であるな。話は聞いておる、遥々《はるばる》よう来てくれた」

「ネルです。リューとは、仲良くさせてもらってます！」

「レフィシオスさんとネルさんですね。私はロシエラ＝ギロルです。リューがいつもお世話になっています」

そうして彼女らがきゃっきゃと楽しそうに世間話を始めた横で、俺はリューの親父さんと今後の予定を話し合う。

「リューに聞いて必要なものと場は揃《そろ》えたから、こっちの準備は整ってる。今日はこのままここで泊まってもらって、明日の午前中に、えっと、『血の契り』だったか？　をする予定で行こうと思ってるんだが、どうだ？」

「うむ、それで頼む。娘から聞いているのなら、流れは知っているかもしれんが、明日は合流する前に身を清めてくれ。清めると言っても、普通に湯を浴びて身体を洗うだけで構わん。そちらの方々も参加する場合は同じように頼む」

「了解、そうさせとくよ。あぁ、あとこっちに以前使ってもらった浴場の奥に、新しく滝温泉――じゃなくて、広い大浴場を造ったから、今日の風呂《ふろ》と明日身を清める時はそこを使ってくれていいからな。後で儀式場を見てもらうついでに案内するよ」

「む、それはありがたいが、良いのか？」

「大丈夫だ、もう一つ別で風呂があるから、俺達はそっちを使うよ」

明日の予定は、こうだ。

朝起きたら、飯を食べた後に皆で順番に真・玉座の間にある方の風呂に入り、草原エリアに用意した式場でギロル氏族達と合流。

結婚の儀式自体は午前中だけで済むそうなので、それが終わったら昼食は軽めに済まし、着替え等を行ってそれぞれで少し休憩した後、早めの夕食として、皆で立食パーティ的なものをするつもりだ。

実は、以前に海水浴場として皆で遊んだ浜辺を整えてあり、料理の下準備も全《すべ》て終えてあるので、いつでもバーベキューがやれる状態になっている。

今日のために、レフィ協力の下で魔境の森の最高級の食材を用意し、最高級の腕前を持つレイラに調理してもらい、準備は万端である。

ぶっちゃけ、幼女達はそっちの料理の方が楽しみだったりするようだが、それはそれで良いだろう。

幸せな場で幸せな気持ちを味わってくれれば、それで構わないのだ。

俺も、割とすでに緊張していたりするが……結構、楽しみになって来た。

ようやくこれで、リューが正式な俺の嫁さんとなってくれるのだ。楽しみでない訳がない。

——さあ、明日は一日忙しいぞ！

◇　◇　◇

「それにしても……魔土の力とは凄《すさ》まじいものだな」

リューの父親、ベルギルス＝ギロルは、辺りを見渡しながら思わずそう呟いていた。

珍しい形で、どこの文化のものかはわからないが、品の良いことがわかる館《やかた》。綺麗《きれい》に整えられた、美しい庭。

どこまでも広がる草原に、遠くに望む荘厳な景色《けしき》。

あの遠くの景色は見せかけだけで、実際はそこまで行けないそうだが……とても、偽物とは思えない存在感だ。

先程案内してもらった大浴場も、ちょっと他では見たことがないくらいに設備が整っており、風情があり、どんな疲れでも簡単に癒《いや》されてしまいそうだ。

いったい誰《だれ》が、ここが迷宮の内側だとわかるだろうか。高級旅館と言われた方が納得出来ることだろう。

以前にも一度来ているが、こうして改めて見ても、浮世とは一つ離れた位置に存在している場所である。

今回連れて来たギロル氏族の者は全員身内なのだが、初めて来た者達は内部の様子に感嘆し、大分浮かれた様子を見せており、逆に自分と共にここへ来たことがある者達は、若干得意げな様子で設備の紹介などを行っている。

物珍しいのはよくわかるが、見ていて少々恥ずかしいものがあるので、浮かれるのは今だけにしてほしいものだ。

「ダンジョンの中って、こんなに綺麗なところなのねぇ。私、初めて来たわ」

のんびりとした感想を溢す自身の妻に、ベルギルスは苦笑する。

この妻は、いつもこんな感じだ。のんびりしていて、おっとりしていて。

こうやって考えると、リューはいったい誰に似たのだろうか。

……いや、妻と自分とで考えると、やはりこちらの方に似たのだろう。

「……ロシエラ。普通はもうちょっと、他の感想が出ると思うのだ。それと、ここは例外中の例外故、迷宮の基準をここにしないようにな」

「そうなの？　まあでも、リューが良いところで過ごせていそうで、本当に良かったわ。あなたが色々言うから、どんなところかと思ったけれど……娘が良縁を得られて、親としては安堵《あんど》するばかりねぇ」

「……そう、だな」

良縁なのは、間違いないだろう。

あれだけフランクな様子なので、普通に接しているとそうとは感じられないが……少し前に起こった戦争によって、あの魔王は『皇帝』となったという。

一国の、支配者なのである。

そんな彼に、娘が嫁ぐことが出来たというのは偏に喜ばしいことだし、おかげで自身の氏族の地位が、獣人族内部で大きく昇進出来る方向に決まったのだ。

これ以上の縁が、いったい世界のどこに存在することか。

「……あなた。リューが可愛いのは、わかります。普通とは言い難いところに行ってしまうことを、不安に思うのもわかります。でも、子供はいつか、親とは違う道を歩むもの」

優しくこちらの手を握り、笑みを浮かべながら、ロシエラは語り掛けてくる。

「それがたとえ、普通とはちょっと違うところだったとしても……大丈夫よ。私達の子は、強いわ。自らで生きる道を定められる程、強く育ってくれたわ」

……こちらの葛藤《かっとう》は、全て見透かされている、か。

「……俺は、親としての覚悟が足りていなかったのか」

「フフ、違うわ。きっと男親が娘を持つと、そうなるものなのよ。義理の息子になる彼が、仮にあなたと同じ状況になったら、やっぱり同じように悩むと思うわ。彼も、あなたと同じで、とっても愛情深いようだもの」

「…………」

――戦争の際の話は、十分に聞いている。

世界を破滅させられると言われる、『災厄級』の魔物の出現。

敵陣営が用意したそれを前に、味方の軍は硬直し、呆然《ぼうぜん》とし、一瞬空気が停止したそうだ。

そこまでの戦闘を有利に進めていたからこそ、盤面をひっくり返す特大の存在を前に、思考が空白となり、戦争の敗北までもが見えたと、獣人族の知り合いの将校が語っていた。

ただの一兵卒ではなく、その上に立つ将校ですら、思わず負けを意識してしまう程の衝撃だったのだ。

だが――義理の息子となる彼だけは、そんな相手を前に一切怯《ひる》まず、たった一人果敢に立ち向かっていったという。

魔王らしく、彼が無謀だったからか。

自身の力があれば、倒せると踏んだからか。

いや、それはきっと、違うのだ。

守らねばならないと、彼は具現化された死に立ち向かったのだろう。

自身が立ち向かわなければ、背後にいる仲間が死ぬからと、戦ったのだろう。

あの戦争が本質的には国同士の覇権争いであった以上、国家に属しておらず、この魔境の森に住む彼には、命を賭けねばならない程の因縁はなかったはずなのだから。

彼は知らないだろうが……あの戦争に参加した兵士達にとって、『魔族らしき姿の青年』は、まさに英雄として伝わっているのだ。

種族を跨《また》いだ英雄となったのだ、彼は。

娘の夫として、彼以上の男など、どこにも存在しないだろう。

――わかっている。

今、自身が感じているものは、感傷なのだろう。

娘が、里の内部ではなく、本当に遠くへと行ってしまうことに、感情が振り回されているのだ。

しかし……いい加減、受け入れなければならない。

妻の言う通り、子供はいつかは親から離れていくものであり、とうとうその時がやって来たのだ。

――自分自身、まさか、ここまで心を揺り動かされるとはな。

ベルギルスは、「フゥ……」と深く深く息を吐き出すと、笑みを浮かべ、ロシエラに言葉を返す。

「明日が、楽しみだな」

「ええ、そうね」

妻は、ニコリと微笑《ほほえ》んだ。

◇　◇　◇

ウォーウルフの皆がやって来た、翌日。

「おぉ……」

俺は感嘆の声を漏らし、リューの姿を上から下までまじまじと見詰める。

「え、えへへ……どうっすか、ご主人？」

「俺の貧弱な語彙《ごい》のせいで、月並みなことしか言えないが……すげー綺麗だ。もうなんか……とにかく綺麗だ」

民族衣装のようなドレスを着込み、手作りのものらしいアクセサリーで飾り付けた、リュー。

彼女の身に着けているものは、全《すべ》てロシエラさんが持って来てくれたもので、昔からずっと使われて来た花嫁衣裳《いしょう》であるらしい。

しっかりとした化粧をしており、彼女のきめ細やかで健康的な色をした肌が際立ち、唇に薄く引いた紅に自然と視線が吸い込まれる。

リューは身なりに気を遣う方ではあるものの、ずっとダンジョンの中にいるため、そこまで本格的な化粧をする、なんてことはなかったのだが……化粧一つで、こんなにも印象が変わるとは。

「うわぁ、リューおねえちゃん、お姫様みたい！」

いつもよりフォーマルな服装に身を包んだイルーナもまた、感嘆の声色でそう言葉を溢す。

「あぁ、本当にな……よし、俺魔王だし、やっぱり姫は攫《さら》わないとな。ぐわははは、姫は俺が貰《もら》ったー！」

「あっ、ご、ご主人……」

「おにーさん、化粧と衣装が崩れちゃうから、今は触っちゃダメだよ。そういうのは終わった後でね」

「あ、はい」

冷静にネルに窘《たしな》められ、リューの腰に回した両腕を解く。

「くっ……迸《ほとばし》るこの感情を、今は心の内に抑え込むしかないのか……仕方あるまい、後のために、今は我慢するとしよう」

「フフ、良かったわね、リュー。これだけ愛してくれる旦那《だんな》さんに出会えて」

「あの、ご主人。ホント恥ずかしいんで、母さまがいるところではちょっと抑えてもらえると嬉《うれ》しいんすけど……」

「無理だ。諦《あきら》めろ」

「ええ……」

ニコニコと微笑ましそうな表情をするロシエラさんの横で、恥ずかしそうな表情を浮かべるリューー。可愛《かわい》い。

「うむ、もう無理じゃな、リュー。お主もようわかっておるじゃろうが、こうなったら今のこの阿《あ》呆《ほう》は、誰にも止められんぞ。大人しく付き合うことじゃ」

「も、もう……ご主人はいつでもご主人って感じっすねぇ……」

「フハハハ、そうだ、俺は魔王だからな！　我が道を突き進むのみ！」

「ご主人、それは魔王がどうのというより、ただのご主人の性格っす」

「此奴《こやつ》、とりあえず何でも魔王と言うておけばいいと思うてるからの」

「おにーさん、そういう節あるよねぇ……」

否定はしないよ。

「フフフ、皆さん、本当に仲が良いのねぇ」

俺達の様子に、ロシエラさんは愉快そうに笑い声を溢す。

――と、そんな感じでワイワイやっていると、俺達のところにレイラが顔を覗《のぞ》かせる。

「皆さん、式場の準備の方が終わりましたので、そろそろ始めたいとベルギルスさんが仰《おっしゃ》ってましたよー」

「了解。そんじゃ、行こうか、リュー」

「は、はいっす！」

──草原エリアにある、いつもの旅館。

式場は、その隣に立てた。

まあ、式場と言っても教会のような建物ではなく、俺が用意したのは壁と天井を完全に取っ払った畳の床と、その上に人数分の座布団と棚だけだ。

周囲に木々と花を添え、木漏れ日が差し込み厳かに感じられるよう調整はかなり頑張ったので、それなりに見れるものにはなったのではないだろうか。

用意した棚には、ギロル氏族の彼らが持って来てくれた幾つかの木彫りの像──ウォーウルフの先祖に見立てた像が置かれ、それと対面する形で俺達が座り、その後ろに皆が座っている。

──どうやら、ギロル氏族は先祖というものをとても大事にしているようだ。

先祖が命を紡いでくれたおかげで今の自分達がある、という宗教観が、彼らの根本にはあるらしい。

いわゆる、祖霊信仰というものだ。

彼らがウチのリルを前にして、大分面白い感じになってしまうのにも、そこに理由がある。

先祖であり、始祖であるとされるフェンリルは、彼らにとってまさしく神そのものであり、平伏《ひれふ》して敬うべき対象なのだ。

故に、彼らの行う結婚式も先祖へと報告をするために行うもので、かなり本格的な儀式となっている。

流れとしては、まず彼らが用意したこの像群へ先祖達に降りて来てもらうところから始まる。

勿論《もちろん》本当に降霊する訳ではないが、そうしてやって来てもらった先祖達に新たな血族が加わることを報告し、この血を途絶えさせぬよう次へと繋《つな》げることを誓う。

だから代わりに、新たな血族を見守ってくれと、そういう契りを先祖達と結ぶための儀式なのだそうだ。

「――新たな血を育む者達よ。盃《さかずき》を」

前世で言えば宮司や禰宜《ねぎ》に近いような恰好《かっこう》に身を包んだ、式の進行役であるリューの親父《おやじ》さんが、俺とリューそれぞれに盃と小刀を渡す。

俺は、それで自身の親指を軽く斬ると、流れ出る血を酒の注《つ》がれている盃に垂らす。

「う……え、えい！」

隣では、リューが一瞬躊躇《ためら》った様子を見せてから、勢い良く親指に刃を滑らし――。

「あっ、い、痛っ……！」

「――って、ば、バカ！　気合入れ過ぎだ！」

勢い余って深く斬り過ぎてしまったらしく、ドバドバと多量の血を流すリューを見て、俺は慌ててアイテムボックスから上級ポーションを取り出すと、彼女の親指に振り掛ける。

数瞬して、すぐに再生が始まり、その傷が完全に修復する。

「フゥ、び、ビビった……全く、お前それ、めっちゃ血入っちゃってるじゃねーか」

「うぅ、申し訳ないっす……」

この儀式は、次に相手の血が混じった盃を受け取り、それを飲むのだが……リューが気合を入れ過ぎたせいで、俺が飲む方の盃が真《ま》っ赤《か》っ赤《か》である。

本来は、一滴混ぜるだけでいいそうなんだが……。

「も、もう一回やるっすから……父さま、新しい盃をお願いするっす」

「あ、あぁ」

大事な場で失敗してしまい、割と落ち込んだ様子でそう言うリューを――だが、俺は止める。

「いや、それでいいよ」

「え、でも――」

これ以上彼女が何かを言う前に、その盃を勝手に受け取り、グイと一気に飲み干す。

アルコールで喉《のど》が熱くなる感覚に、口の中に充満する濃い血の味。

普通なら顔を顰《しか》めるような味だろうが……不思議なもので、嫌な感じが全くしない。

これがリューの血であると、わかっているからだろうか。

「おう、お前の血、美味《うま》いな」

「そ、そんなイルーナちゃんみたいなことを言われても……」

俺はニヤリと笑みを浮かべ、言葉を続ける。

「リュー、これくらいは別に、失敗でも何でもない。だから、そんな顔すんな。ほら、お前も早く飲めって」

「……はいっす。ご主人、ありがとうっす」

気を取り直してくれたらしく、リューは小さく笑みを浮かべると、俺が渡した盃を両手に持ち、口を付ける。

「ん……ご主人の血も美味《おい》しいっす。……いや、ホントに美味しいっすね。イルーナちゃんが一番好きって言うのもわかるっす」

「お、おう、そうか。なら良かったよ」

なんか、みんな美味しいって言うよな、俺の血。以前シィやネルが飲んだ時もそう言ってたし。

血が美味いというのは、喜んでいいのかどうか、微妙に悩むところである。

と、俺達の様子を見て、一つコクリと頷《うなず》いたリューの親父さんは、儀式の続きを始める。

「血は混じった。其に流るる血に違わず、番《つがい》として共に道を歩むことをここに契れ。さすれば、祖なる父母は其方《そなた》らの行末に幸多くを授けるであろう」

彼の次に、俺とリューは事前に教わった言葉を続ける。

「我が身、祖なる父母の血に違うことなく、妻と共にこの道を進むこと、ここに誓う」

「我が身、祖なる父母の血に違うことなく、夫と共にこの道を進むこと、ここに誓う」

「誓約は為《な》された。新たな血族に、多くの幸と実りがあらんことを」

最後に、親父さんは先祖の像達へ感謝の言葉と共に深くお辞儀をし、彼に倣って俺達を含めたこの式に参加している全員が同じように頭を下げた。

「――さあ、これで式は終わりだ。参加していただいた皆様方に、心からの感謝を」

「リューおねえちゃん、おめでとー！」

「おめでトー！」

「……ん。とてもめでたい」

真っ先に声をあげた幼女達に続いて、ウチの大人組やギロル氏族の彼らが俺達に祝福の言葉を掛ける。

そんな中、俺は、嬉しそうに「ありがとうっす……みんな……」と答えていたリューの名を呼ぶ。

「リュー」

「は、はい、ご主人」

「これで、名実ともに家族だな」

すると彼女は、目の端にジワリと涙を浮かべ――。

「――はい！」

満開の花のような、本当に綺麗《きれい》な笑顔を浮かべたのだった。


――式が終わり、少し休憩した後。

『おぉ……』

「……お、おぉ……すごいな」

「あらあら、綺麗な場所ねぇ」

ギロル氏族の皆が、目の前の光景に感嘆の声を漏らす。

案内したのは、当初の予定通り、俺のダンジョン領域となっているビーチ。

天気が良かったおかげで、白の砂浜がキラキラと陽光を反射し、大海原をどこまでも見渡すことが出来る。

ちなみに、我が幽霊船ダンジョンはすでに更なる漂流の旅に出したので、ここからは見えない。

また新たな陸地に辿《たど》り着《つ》いたら、探検しに行くとしよう。

「……ここも、ダンジョン内なのか？」

しばしの間、言葉なく固まっていたリューの親父さんが、そう俺に問い掛ける。

「ダンジョン内と言えばダンジョン内だな。ただ、ここはさっきまでいた草原みたいな、俺が造った領域とは違って現実に存在する場所だ。今通ってもらった扉で、こっちまで飛んで来たんだ」

「……末恐ろしいな。ということは、ダンジョン領域内はユキ殿の配下――フェンリル様やあの魔物達を即座に展開可能ということか。あの魔物達、我らで戦おうとすれば、どれだけの被害が出ることか……外に侵略でもさせれば、そこらの国など一晩の内に壊滅してもおかしくない」

「ハハ、アイツらはウチのダンジョンの防衛の要《かなめ》だからな。魔境の森は魔物がアホ程強いから、それなりに強さを持っていてくれないとやっていけないんだ」

と、そんな話をしていると、ジトッとした目のリューが口を挟む。

「父さま、今日はそういうの、無しっすよ。それに、ご主人はどこかのこじらせた権力者とは違うんすから。侵略なんてそんな面倒なことより、のんびりゴロゴロするのが好きな人なので、父さまが言うようなことは絶対起きないっす」

おう、よくわかってるじゃないか、リュー。

「あ、あぁ、そうだな……すまん」

リューの言葉に、すぐに謝る親父《おやじ》さん。

以前より少し、素直になったんじゃないだろうか、この人。

娘の結婚とあって、やはり彼としても思うところがあったのだろう。

……俺にもいつか、この人のように葛藤《かっとう》する日が訪れるのだろうか。

「さ、こっちだ。色々と料理を用意させてもらったんだが、慣れないものや苦手なものとかもあるかもしれないから、そういうのがあったら遠慮なく言ってくれ。その方が、こちらとしてもありがたい」

「何から何まで、忝《かたじけな》い」

「いやいや、こんな遠いところまでわざわざ来てもらったんだ。だったら、こっちがそういうことの準備をするのは当たり前さ。だから、何も気にしないで純粋に楽しんでくれると嬉《うれ》しい」

せっかく気合を入れて、今日のために準備を重ねたのだ。

だから、魔王流の歓待、心から楽しんでくれ！

◇　◇　◇

——夜の砂浜。

すでに世界は暗闇《くらやみ》が支配し、だが空で瞬く満天の星々の、淡い光が地上を照らしている。

耳に届くのは、穏やかな波の音と、隣に座るリューの呼吸の音のみ。

すでに他の皆は引き上げ、ここにはいない。

まるで、世界に俺達だけしか存在していないかのような空間の中で、我が嫁さん――今日、ようやく正式に嫁さんとなったリューへと俺は口を開いた。

「どうにか、お前の親族のみんな、満足してくれたようだな。……というか、単純に海にはしゃいでたな」

「あ、あはは……ウォーウルフは里と周辺の縄張りから滅多に出ないっすからね。初めて見た海で感動するのもわかるんすけど、身内としてはちょっと恥ずかしかったっすねぇ……」

何とも言えない様子で、苦笑を溢すリュー。

大分失礼な感想だが……恐る恐る海水に触れたり、寄せては引いてく波に沿って走り回っている様子が、こう、まんま犬の挙動で、ちょっと笑ってしまった。

彼らは内陸に里があるようなので、リューの言う通り相当海が珍しかったようだ。あの様子からすると、半数は初めてだったんだろうな。

酒や料理も堪能《たんのう》してくれてはいたようだが、彼らが最も楽しんでいたのはまず間違いなくこの砂浜の環境だろう。

花火なども用意して遊んでもらったのだが、大きい音と光に、ピンと耳と尻尾《しっぽ》を反応させている様子なんかも、見ていて正直和んだ。

リューもそうなのだが、動物と似た器官を持つヒト種は、感情がその部位に出てしまうので、表情を見ずとも何を考えているのか大体わかってしまうのだ。

「やっぱ、お前の親族なんだなって思ったぜ」

「どういう意味っすか、それ」

「純真ってことさ」

ジト目をこちらに向けるリューに、肩を竦《すく》めて笑う。

そんな、くだらない話を幾ばくかした後、俺は表情を少し真面目《まじめ》なものに変える。

「――リュー。左手、出してくれるか」

「……はい」

どこか期待に満ちた表情で、彼女は綺麗な左手を前に出す。

俺はアイテムボックスを開くと、中から取り出したソレ――事前に造っておいた指輪を、その薬指へと嵌《は》める。

「ネルん時にも言ったんだが……すまん、指輪の意匠は、最初のレフィのものとほぼ同じになってる。その十字のところの宝石は、それぞれで変えたんだが……」

と、リューは自身の指に嵌められた指輪を、色んな角度からまじまじと見詰める。

その時、ホロリと、彼女の瞳《ひとみ》から雫《しずく》が流れ落ちる。

それはとめどなく流れ続け、後から後から溢《あふ》れ出し、頬《ほお》を伝う。
ス、と彼女の涙を指で拭《ぬぐ》うと、そのままリューは、コテンと俺の肩に頭を預けた。
「ウチ……ずっと、レフィとネルのことをいいなって思ってたんす。前にもちょっと話したっすけど、ウチにないものをたくさん持っていて、ご主人の隣に並び立てて。気にしないようにしようと思っても、それでもやっぱり気になっちゃって。でも……それも、今日で終わりにするっす」

「自信、付いたか?」

「はい……こんな、色々とダメダメなウチでも、ご主人はしっかり愛してくれるんだなって。こうして、ウチのためにいっぱい色々してくれて……ご主人に愛してもらう自信は、出来たっす」

透き通る、綺麗な笑みを浮かべ、真っ直《ますぐ》ぐ俺の目を覗《のぞ》き込むリュー。

涙で少し化粧が崩れてしまい、目が赤くなってしまっているが……夜空に照らされた彼女は、とても、とても美しかった。

「ハハ、そうか。あと、あんまり泣くと、せっかくの化粧が崩れちまうぞ」

「いいんす。ウチがくしゃくしゃのおばあちゃんになっても、ご主人は愛してくれるでしょう? だったら化粧くらい、今はどうでもいいっす。この幸せ過ぎる思いを、ウチは、抑えたくないんす」

触れる指先。

ギュッと、絡ませる。

ただの肌の接触であるにもかかわらず、その華奢《きゃしゃ》で触り心地の良い指先から、確かに彼女の感情が俺の中へと流れ込んで来る。

そして、リューの中にもまた、俺の心が流れ込んでいるのだ。

「ご主人」

「あぁ」

「ご主人……ご主人。大好きっす。ご主人のこと、愛しています。これからもずっと、お傍《そば》に置いてくれますか？」

「当たり前だ。魔王は束縛が強いのが通説だからな。嫌って言っても、もう遅いぜ？」

「フフ……どこの通説っすか。ま、でも、大丈夫っすよ。絶対どこにもいかないっすから」

クスリと笑うリュー。

俺は、隣に座る彼女の方へと、身体《からだ》を向ける。

「リュー」

「はい」

「愛してるぞ。ずっと、俺と共にいてくれ」

「――はい。いつまでも、共に」

両腕を伸ばし、彼女の小さな身体を抱き締める。

全身を包み込む温《ぬく》もり。

肌をくすぐる吐息。

いったい俺は、どれだけの安らぎを、彼女達から得ていることだろう。

リューもまた、俺の背中に腕を回し、こちらを見上げ、瞳を閉じる。

ゆっくりと顔を近付け――その淡い唇に、口付けをする。

甘い痺《しび》れ。

世界の輪郭が、ぼやける。

波の音と、星明かりが埋め尽くす世界に、リューと共に溶け込み、一体になるかのような多幸感。

きっと今、俺とリューの肉体は消失し、残された心だけで触れ合い、繋《つな》がっているのだろう。

そして、俺達は何度も何度も唇を重ね――。

◇　◇　◇

「――では、我々はこれで帰らせていただく。ただ、例のアルフィーロの街に、我々ギロル氏族が度々向かうことになっている。何か伝言があれば、そちらに伝えてくれればこちらまで届くだろう」

「わかった、そちらさんも何かあったら一言残しといてくれ。時折様子を見に行かせてもらうよ。というか、時間が出来た時に、今度は俺達が里を訪問させてもらってもいいか？」

リューの親父《おやじ》さん――正式に義父となった彼と、言葉を交わす。

俺の隣では、リューが彼女の母親や他のギロル氏族の皆と別れの挨拶《あいさつ》を行っている。

やはり母親との別れが寂しいらしく、リューがギュッと抱き着いている。

里にいた時も、恐らく相当仲が良かったのだろう。

すげー良い母さんだもんな、ロシエラさん。いつの間にか、レフィとも仲良くなっていたようだし。

「あぁ、無論だ。これだけ素晴らしいもてなしをしてもらったのだ、我々も気合を入れて歓待させていただこう。――後は、そうだ、子供が生まれた時も、一報いただけるとありがたい」

「ん、あ、あぁ……わかった」

ニヤリと笑みを浮かべるリューの親父さんに、俺はポリポリと頬を掻《か》きながらそう答える。

……何にも言えなくなるから、そういう冗談は勘弁してほしいもんだ。

と、彼はふと表情を真面目なものに戻すと、真っ直ぐに俺の目を覗き込む。

「魔王」

「あぁ」

再会した時の葛藤の見えた表情とは違い、強い思いが秘められた、厳格な父親の風格を感じさせる顔付き。

「――娘を、任せたぞ」
ス、と彼は、こちらに右手を差し出す。
重く、ズシリと胸に来る、簡単な思いでは触れることさえ出来ない手だが――。

「……あぁ！」

――俺は、その親の手を固く握り、力強く握手を交わしたのだった。

閑話一　娘

——どうやら私の娘は、人を見る目は持っていたようですね。

美しい砂浜と遥《はる》かなる大海原が広がるバーベキュー場にて、ロシエラは、自身の娘が楽しそうに談笑している様子を眺める。

以前里にいた時よりも、少し背が伸び、肌の艶《つや》や、耳と尻尾の毛並みがとても良くなっていることがわかる。

一目見ただけで、大事にされていることがよくわかる様子だ。

明るく快活な面も全く変わっておらず、むしろ元気な性格に拍車がかかり、よく気の付く子になっている。

族長の娘として、嫌そうな顔をしながら勉強したり、窮屈そうな様子でしきたりを教えられている時と違って、心からの笑顔を振りまいているのだ。

それは、単に今日が特別な日だから、というだけではないだろう。

やはり、閉鎖的な面のある里に籠《こも》り切りになるよりも、外の環境に触れた方が大きく成長を見込めるということなのだろう。

元々、里を窮屈に思っていることは知っており、いつかはここを出て行くのだろうとは思っていた。

家出をする程、おてんばな面があったことは流石《さすが》に想定外だったが……ただ、それがあの子の運命だったのだろう。

奴隷《どれい》商に捕まった後、魔王という規格外の存在に助けられ、彼の治める領域で生活を始めるという、どこかの物語のような出会いの仕方。

加えて、彼の家族にはフェンリルまでいるというのだから、最初に自身の夫が彼の下に向かった際、いったいどれだけ驚いたことか、簡単に想像が付くというものだ。

祖の導きと言われても、何の疑いもなく信じてしまいそうである。

そしてロシエラは、次に娘と共にいる青年――これから義理の息子となる、魔王の方へと視線を向ける。

その人物像はかねてより気になっていたが……やはり娘が恋に落ちるだけあって、穏やかな好青年だ。

武闘派なんてことも聞いていたが、幾度か会話を交わす限りではそのような面は全く見えず、ただ娘のことを本当に愛しているのだということだけが、見ているだけで理解出来る。

恐らく、武闘派と呼ばれるのは、闘争中の姿を指してのことなのだろう。

男性が戦いの最中《さなか》に気性が荒くなるのは、普通のことだ。

ウォーウルフの男達にもそういう面があり、狩りの後などは特に気配が荒くなったりしている。

故に、彼は戦いの場となると非常に荒々しい一面を見せるのだろうが、しかし普段暮らしている時にその様相を見せないのであれば、何も問題は無いだろう。

むしろ、力があり、なおかつ普段が穏やかであるのならば、旦那《だんな》としてこれ以上ない存在と言えるのではないだろうか。

——あの子は、自らの手で運命を切り開いたのね。

少し……羨《うらや》ましくもある。

別に今が不満という訳ではないが、長年里から出ず、定めのままに生きて来た自分とは違い、自らの手で道を、行く末を定めたのだ。

このまま彼女が、自由のままに自らの望みの下で生きられることを願うばかりだ。

「——どうじゃ、リューの母御よ。楽しんでおられるか？」

と、一人物思いに耽《ふけ》っていると、こちらに掛けられる声。

顔を向けると、そこには美しい銀髪に非常に整った顔立ちをした、角と尻尾《しっぽ》を生やした少女がグラスを片手に立っていた。

この少女は、この若々しい見た目で自身よりも千年以上歳上《としうえ》であるそうだ。

伝説の龍族という話で、その正体を聞いた里の者達は大分慄《おのの》いた様子を見せていたが……少々失礼な反応なので、後で注意しないといけないだろう。

確かにその小さな身体からは、圧倒的という言葉を何度重ねれば良いのかわからない程の、隔絶された強者《つわもの》の気配を感じる。

だが——いったい、何を恐れる必要があるというのか。

娘が、あれだけ懐いているのだ。

である以上、彼女が怖い方であるはずもないというのに。

「あら、レフィシオスさん。勿論《もちろん》楽しませていただいていますよ。……もしかして、気を遣わせてしまいましたか？」

少し離れて皆の様子を見ていたので、もしかすると退屈していると思わせてしまったのかもしれない。

「いや何、男衆は儂《わし》らの旦那が、女衆はネルとレイラが歓待しているでな。ならば儂は、お主の歓待をしようと思うての。……それに、その、幾つか教えを乞《こ》いたいこともあってじゃな」

「あら……私にお教え出来ることなら、勿論構いませんが……」

特に物知りという訳ではないので、この少女に対し教えられることがあるとは思えないが……。

そう不思議に思っていると、彼女は何だか恥ずかしげな様子で、ポリポリと頬《ほお》を掻きながら言葉を続ける。

「うむ、あー……出逢《でお》うてからまだ一日程度であるのに、こういうことを聞くのは少々どうなのかと思わなくもないんじゃが……儂は、特殊な出自であるため親がおらん。当然母親というものもわからん。じゃが、今後儂らは、母となるじゃろう。故に、子育ての心得を、聞けるのならば聞いておきたいと思うての」

ロシエラは一瞬目を丸くしてから、その微笑《ほほえ》ましい相談に、クスリと笑みを浮かべる。

「わかりました、それくらいなら全然お話ししましょう。と言っても、私は娘を家出させてしまいましたので、ためになるかと言われるとあまり自信がないのですが……」

「何を言う。リューを立派に育て上げたではないか。彼奴《あやつ》は儂にとってこれ以上ない程の友人じゃぞ。今はもう、ただの友人ではなく家族じゃがな」

「……そう言っていただけると、あの子の母親としてはもう、何よりも嬉《うれ》しいですね」

それからロシエラは、子育ての話から始まり、里の話や、ダンジョンの話などで、少女と談笑を続ける。


――ここならば、大丈夫だ。

この場所ならば、彼らならば、娘に幸せをもたらしてくれることだろう。

「母さま、レイラの作ったこの料理、どうっすか！」

「えぇ、もう最高ね。これ、どうやって作ってるのかしら……」

「フフ、良ければお教えしますよー。魔王様にお願いすれば、調味料などもいただけるかとー」

「それがいいっすね、お土産に持って帰るといいっす！　――ご主じーん！　母さま達のお土産に、調味料とかあげたいんすけど、用意してもらってもいいっすか？」

「お、勿論いいぜ。じゃあ、帰り際に渡せるよう、用意しとくよ」

彼らがそんな会話を交わす様子を、ロシエラはニコニコと眺めていた。

――リュー、幸せになりなさいね。

第二章　後始末

魔境の森の見慣れた風景から一転し、見慣れない、ひっそりとした建物裏に出る。

上を見上げると、俺の視界に映るのは――城。

俺の城じゃない。……いや、今は俺の城と言えるのか？

とにかく、今俺の目の前にあるのは、ローガルド帝国の帝都に存在する、帝城である。

「さて……どこに行けばいいもんか」

リューの件が一段落したので、魔界王との約束通りローガルド帝国までやって来たのだが……このまま、城の中に行っても大丈夫だろうか？

一応国の中枢だし、アポなしのまま行こうものなら、不審者とか侵入者とかと間違えられて面倒にならないだろうか。

……いや、あの魔界王のことだし、その辺りはしっかりしているか。

魔族の兵士に声を掛ければ、何とかなりそうな気がする。

そんなことを考えながら、とりあえず城の正門に向かって歩いていると、暇そうに警備している魔族っぽい兵士を発見する。

「おーい、ちょっといいか？」

「ん……？　――！　ゆ、ユキ殿でいらっしゃいますね。魔界王様からお話は伺っております、担当の者を呼んでまいりますので、少々お待ちいただけますでしょうか」

「ん、わかった」

やはり、どうやら魔界王が話を通しておいたらしい。

最初に「誰《だれ》だコイツ」といった顔をしていた彼は、すぐにこちらが何者かに思い至ったようで、そう言って駆け足でこの場を去って行った。

俺の顔立ちの特徴でも伝えられていたのだろうか。

言われた通り、その場で数分程待っていると、その兵士が誰かを伴って戻って来る。

「ユキ殿ですね。お待ちしておりましたよぉ」

「あれ、アンタ……ルノーギルか。身体《からだ》は大丈夫なのか？」

魔族の兵士が連れて来たのは、魔界王の部下の一人、ルノーギルだった。

前《さき》の戦争では、皇帝シェンドラを捕えるという大金星をあげたものの、確かその時に相当な深手を負い、二度と魔力を練ることが出来なくなったと聞いているが……。

「ご心配ありがとうございます。ま、深手は負いましたが、肉体から魔力が消失しただけのこと。魔法が使えないのは不便ではありますが、五体さえ残っていれば何でも出来るので問題ありません。魔力がないというのは、潜むことが仕事である身としてはそれはそれでやりやすいですしねぇ。生き残れただけで万々歳ですよ」

……なるほど。

感知系スキルは、そのほとんどが相手の持つ魔力を基に感知している。

そうである以上、当然ながら、魔力を有さないものには反応を示さない。

実際俺も、魔力眼では彼が見えておらず、マップ機能でも味方を示す青点、もしくは敵を示す赤点が付いていない。

魔力眼だと、彼のいる部分だけぽっかりと人型の穴が空いているので、ここに何かがいるということはわかるのだが、これならもう肉眼で視認した方が早いだろう。

……すごいな、気配なんかも隠密《おんみつ》兵である以上限りなく薄れさせることが可能だろうし、これでルノーギルは、ほぼ透明人間みたいなものになった訳だ。

ただ、それを問題ないと言い切ってしまえるのは、彼の強さだろう。

腕がもげても、身体が軽くなって動きやすくなるから便利、なんてことは普通言えないはずだ。

「そういう訳で、まだまだ身体は動くので、ローガルド帝国が安定するまではこちらでお仕事をすることになりましてねぇ。戦争の余波で、色んなところの間諜《かんちょう》やら犯罪組織やらが這入《はい》り込んでしまっていますし」

「……もうそんなことになってんのか」

「ええ、裏社会の者にとって、この混乱は好機も好機ですから。ここで下手《へた》にそういう者達をのさばらせようものなら、一般市民の反感も増してしまいますしねぇ。大衆というものの力を甘く見てはいけないという、魔界王様の指示です。勝者である我々は、『正義』でなければならないと」

……以前までの体制は悪いもので、自分達の体制は良いものだから勝ったのだという、わかりやすい勧善懲悪の形に落とし込むための、印象付けか。

人心掌握のための枠造り、という訳だ。

多種族国家にするという、人間しかいなかったこの国の価値観を丸ごと破壊するような変革をしようとしているのだし、そういうところから徹底することで、『生まれ変わった』という意識を強化しようとしているのだろう。

急激な体制の変化には、必ず軋轢《あつれき》や反感が生まれるものだが、魔界王もその辺りは承知しているようだ。

こういうことの処理に失敗すると、革命運動やテロが頻発したり、新たな戦争の火種になってしまうものだ。

そして、得てしてその結末は、悲惨なものになることが多い。

前世で、散々そういう歴史を繰り返していることを、俺は知っている。

――俺は、この国の統治に興味もなければ、国政なんて七面倒くさそうなものには毛程も触りたくないし、そもそもこの国自体どうでもいい。

どうでもいいが、しかし別に、わざわざメチャクチャにしたい訳でもないのだ。

俺は破壊と殺戮《さつりく》に快感を覚える性格破綻《はたん》者じゃないので、平和に進むんだったらその方が良いに決まっている。

この国に漂う人間至上主義的な価値観をぶっ壊すことは、譲れない一線として強行すればいいが……それ以外は、それなりに妥協しても良いと思うのだ。

……素人《しろうと》の俺なんかより、よっぽど色々と考えているだろうが、少し、その辺りのことも魔界王と話してみるか。

「全く……何で俺が、こんなことで頭を悩ませなくちゃならないんだかな」

皇帝シェンドラめ。

面倒なものを押し付けてくれたものだ。

「？　何か仰《おっしゃ》りましたか？」

「いや、何でもない。それより、魔界王のところまで案内を頼んだ。俺、あんまり長居するつもりもないからさ」

「えぇ、畏《かしこ》まりました。こちらに付いて来てくださいねぇ」

「──ユキ君、よく来てくれたね。待ってたよ」

「おう。ルノーギルから聞いたんだが、さっそく混沌《こんとん》とした状況になってるらしいな」

「まあね。と言っても、これは序の口さ。状況はここからさらに混沌としていくだろう。敵は闇《やみ》を広げるために動き、僕達はそうならないように策を巡らす。戦争は終わったが、僕らの戦いはまだまだ続くよ」

肩を竦《すく》める魔界王。

何だか、それなりに楽しそうな様子である。本領が発揮出来て、充実しているのだろうか。

相変わらずの腹黒め。

「元気そうで何よりって感じだが、気を付けてくれよ？　ここで対処に失敗すると、民衆に火が点《つ》いてすっげー面倒になるぞ」

そう言うと、魔界王は意外そうな表情を浮かべる。

「お、よくわかってるね。こう言ったら失礼かもしれないけれど……ユキ君って、結構学があるよね？　魔王は閉鎖環境に生まれるもののはずだけれど、君のその知識はいったいどこから来ているんだい？」

「ウチには長い年月を生きた覇龍に、羊角の一族がいるからな。色々と教えてもらったんだ」

肩を竦め、そう誤魔化《ごまか》す。

まあ、前世じゃあ義務教育はちゃんと受けていたからな。

とても優等生じゃなかったことは否めないし、決して頭が良い方ではなかったが、それでもこちらの世界では高等教育に分類されるくらいの知識は持っているのだ。

親バカの考えだろうが、ウチの子達には是非とも、前世で俺が受けたくらいの教育を受けさせてやりたいものだ。

レイラがいてくれているおかげで、外と比べれば相当に高い教育をウチの子らは受けているだろうが、それでも限界はあるだろうしな。

ちゃらんぽらんな俺でも知識が力になったと思っているのだ。俺よりも賢い彼女らならば、きっとその知識を使って、世界を縦横無尽に謳歌《おうか》してくれることだろう。

「それをわかってくれているなら、話は早いね。実は一つ、お願いがあるんだ」

「……あんまり聞きたくない感じだが、一応聞こうか」

するとと魔界王は、良い笑顔を浮かべ、言った。

「ユキ君――恐怖の魔王になってくれないかい」

◇　◇　◇

ギィ、と扉を開き、俺は、その会議室へと入る。

中では、この国の重鎮らしい人間が数人と、見覚えのある同盟軍の王達が大きな円卓に座って何かしらの会議を行っており、前者は暗く重苦しい表情、後者は余裕のある表情と、今のこの国の現状がよくわかる様相である。

突如入って来た俺に、ローガルド帝国の連中は「誰だコイツ」と思っていることが丸わかりの顔をし、同盟軍の王達は何かを察したようにピクリと眉《まゆ》を動かす。

――作戦開始か。

俺は、横柄な態度で部屋に入ると、気だるげに中央を進んで行き、用意されていた空席に座った。

「会議途中だけれど、ローガルド帝国の諸君、紹介しよう。――彼がこの国のダンジョンを継承し、次代の皇帝となった、ユキ君だ。これから君達は、彼をトップとして仰ぐことになる」

ダンジョンを継承した者が、ローガルド帝国の皇帝となる。

この国がダンジョンとなっていることは一般的には秘匿されており、代々の皇帝が魔王であり、その継承をすることで次期皇帝となることもほぼ知られていないそうだが、この国のトップ集団であるこの者達は当然そのことを知っているのだろう。

「おう、よろしく。魔王ユキだ」

テキトーに手をヒラヒラさせると、人間達の俺を見る目が険しくなる。

多分、「若造が……」とか思っているのだろう。

「ユキ君、彼らに何かあるかい」

「ん、あぁ、そうだな……じゃあ、最初に言っておくぞ。俺は、お前らが何をどうしようが、何も言わねぇ。勝手にやっててくれりゃあいい。何故《なぜ》なら、お前らに興味がないからだ」

「んなっ……！」

その投げやりな俺の言葉に、彼らの幾人かが絶句した様子で息を呑《の》む。

「ただ、一つだけ指図させてもらう――逆らうな。従え。その間は好きにさせてやる。……いや、まあでも、やっぱ逆らってもいいぞ。丸ごと潰《つぶ》すだけだからよ。お前らが好きに選べ」

「――ふっ、ふざけるなッ‼」

と、激高した様子で立ち上がり、口から唾を飛ばすのは、軍人らしい厳《いか》めしい見た目の老人。

恐らく、六十は超えているだろう。

心労が祟《たた》っているのか、目には隈《くま》があり、頬《ほお》はげっそりと痩《や》せこけている。

「あん？　何がだ。逆らわないんだったら好きにしていいって言ってんだぜ。お前らには万々歳だろうよ」

「貴様ッ、我々を愚弄《ぐろう》しているのかッ⁉　このような適当な男が、我らが皇帝であるとッ⁉　そんなこと、決して認められるものか……ッ‼」

「知らねーよジジィ。だったら戦争に勝て」

バッサリと反論を切り捨てると、老人は血管がブチ切れそうな程に顔を真《ま》っ赤《か》にし、ギリィと歯を食い縛り、腰に佩《は》いていた剣へ手を伸ばす。

会議室にいた同盟軍の兵士達が一斉に警戒態勢へと移るが、魔界王がいつもの内心の読めない笑みのまま、片手を挙げて止める。

「～ッ‼　貴様のような破落戸《ゴロツキ》に国を任せるくらいならば、今ここで……ッ‼」

「お、やるのか？　――いいぜ」

刹那《せつな》――俺は魔力を解放し、威圧する。

ただ、威圧と言っても、大分前に黒龍のクソ野郎を殺した時に得たスキルである、『王者の威圧』は使っていない。

人間相手に使用すれば、そのまま殺してしまう可能性が高いので、ただ殺意を乗せた魔力を放ち、圧力を掛けるだけに止《とど》めている。

全く……何で俺が、こんな気を遣わなきゃならないんだろうな。

同盟軍の王達は流石《さすが》なもので、ステータス的には俺より下でも余裕そうにしているものの、人間達や周囲の護衛達は顔を強張《こわば》らせ、硬直している。

こっち陣営の人間や兵士の彼らには悪いが、もう少しだけ我慢してくれ。

その状態のまま、俺は躊躇《ちゅうちょ》なく円卓の上にドシンと土足で乗ると、ダラダラと冷や汗を流して抜剣する途中で硬直している老人の前までゆっくりと進み、しゃがんで視線を合わせる。

「まだ、わかってねぇようだな、力の差を。その点、皇帝シェンドラはよくわかっていたぞ。わかっていたからこそ、いがみ合っていた魔族とも協力し、禁忌に手を染めて戦争に挑んだ。そして、負けを察したらあっさりとそれを受け入れ、これ以上荒らさせないようこの国をこちらに託した。敵ではあったが、賢い男だった」

「――――」

強張り、口を上手《うま》く動かせないらしいソイツに、俺は言葉を続ける。

「お前は何だ？　若造に煽《あお》られて、キレるだけの無能か？　現実が受け入れられないからと、逃避する臆病《おくびょう》者か？　ま、何でもいいぞ。俺はお前に興味がないからよ。領地に戻って兵を連れて来たいなら、待ってやる。千くらい連れて来るか？　それとも万か？　ほら、言ってみろ」

「ユキ君、その辺にしてあげて。僕らは戦争に勝ったけれど、別にこの国をメチャクチャにしたい訳じゃないんだ。それに、彼らにも状況の変化を受け入れるだけの時間が必要だ」

まあまあと仲裁するような口調で、魔界王が口を挟む。

――ん、これで十分か。

フンと鼻を鳴らし、円卓から降りると、元の席へは戻らず、そのまま会議室の扉へと向かう。

「もう一度言おう。逆らうな。従え。その間は、この国に襲い来るどんな脅威からも守ってやる。お前らの前皇帝とそう約束したからな。それ以外の細かいことは、こっちの王達と相談することだ」

それだけを言い残し、俺は部屋を去ったのだった。

◇　◇　◇

「ありがとう、ユキ君。おかげであの後の会談は、スムーズに行ったよ」

「うむ、ヌシのおかげで、彼奴《あやつ》らが完全に縮こまっておっての。もはや言いなり状態であったわ。ヌシの言ではないが、肝の据わっていた前皇帝の努力が、少々哀れであるな」

「……そりゃ、役に立ったなら良かったけどよ。全く、今回限りにしてくれよ、こんな茶番は。アンタらと違って、こっちは演技には慣れてねーんだ」

魔界王と、そして彼と共にいたエルフ女王ナフォラーゼに、そう言葉を返す。

「そうかな？　すごい上手かったよ、チンピラ役」

「チンピラ言うな」

いや、俺も、我ながら性質《たち》の悪いチンピラみてぇだとは思ったけども。

――あの、先程の茶番。

アレは、魔界王に請われ、行ったものだ。

こっちの国にほとんど来ることがないであろう俺が、悪い隣人として恐怖を植え付け、逆にここの政治のほとんどを取り仕切ることになるであろう他の王達が、良き隣人として共感と仲間意識を作り上げる。

要するに、典型的な『悪い警官、良い警官』のアレだ。

わだかまりが数え切れない程残っているであろうローガルド帝国の重鎮達を懐柔するために、一芝居打った訳だ。

突然恐怖の魔王を注文され、どうにかこうにかやってみたのだが……まあ、上手くやれたのなら良かったとしよう。

ただ、これだけでは俺に恐怖と反感だけが溜《た》まってしまい、それが臨界点を超えて、『打倒魔王』みたいな流れになってしまうとそれはそれで困ることになる。

恐怖政治は有効だが、必ずどこかで破綻《はたん》し、終わりを迎えることになるのだ。

だから――次の策である。

「それで……次はどこに行けって？」

「うん、ヴァルドロイ君とドォダ君が調査をしてくれて、この付近に存在する山に、一帯の主の魔物が住んでいることがわかったから、その討伐をお願いね」

「あいよ。何の魔物だ？」

「ワイバーンの亜種だね。普通なら軍で対応する相手だけど、君なら一人で大丈夫でしょ？」

マップ機能を開き、つい先日から見られるようになったローガルド帝国周辺を確認すると……ん、確かにいるな。

魔境の森で中程度の強さを持つ、東エリアの魔物どもと同じくらいか。

今の俺ならば五匹くらい同時に襲って来られても余裕を持って倒せるが、確かに少々、強い相手だ。

「討伐は？　今日中か？」

「いや、四日後にお願い出来ないかな。君が戦う様子を見せ付けたいから、そのために準備する時間がほしい。こういうのは、直接見なきゃ面白くないでしょ？」

ニコニコと、腹黒い笑みを浮かべる魔界王。

――恐怖という鞭《むち》だけでは、統治は出来ない。

故に次に必要となるものは、飴《あめ》。実利だ。

俺という力がこの国の利益となり、そしてその手綱《たづな》をしっかりと他の王達が握っているということを示すための、魔物討伐という訳だ。

「了解、そんじゃあ、後日またこっちに来る――」

「あ、待って、ユキ君。君と是非お話ししたいって子がいるから、ここに呼んでもいいかな」

「？　あぁ、いいけど」

そうして、その場で待つこと数分程。

やがて現れたのは、かっちりと軍服を身に纏《まと》った、一人の老軍人だった。

歴戦を窺《うかが》わせる多くの傷跡に、眼帯。

この人間のじーさんは……ん、見覚えがあるな。

確か、戦争の時の人間達の副官だったか？

人間の大将は、アーリシア王国の先代勇者であるレミーロだったが、彼はあくまで前線で戦うタイプの将だったため、後方での全体の指揮を、確かこのじーさんが執っていたはずだ。

記憶を辿《たど》って老軍人のことを思い出していると、彼は軽く頭を下げて礼をし、ハリのある低い声で口を開いた。

「初めてお話をさせていただきます。ゴードンと申します。ユキ殿、あなたには、以前から礼を言いたく思っておりました」

「？　特に心当たりはないが……」

「あなたは、我が祖国に対し数多《あまた》尽力してくださいました。あなたが陛下の下を訪れなければ、すでにアーリシア王国という国は存在していないことでしょう」

そんな大袈裟《おおげさ》なことを言う彼に、俺は笑って言葉を返す。

「いやいや、色々と手伝いはしたが、そこまでではないだろうさ。確かに俺が関与したことで犠牲は減ったかもしれないが、アンタらの国は強かったぞ。道のりは長くとも、最終的には何とかしただろうよ」

彼らの国に、バカな貴族が多かったことは間違いないだろう。

それでも、立派なヤツらもまた多くいることを、俺は知っている。

頼りになる、知略と実力を兼ね備えた者達がいることを、俺は知っている。

しかし、俺の言葉を聞いて老将軍は、首を横に振る。

「その、仰《おっしゃ》る通りです。あなたが関わらなかった場合、犠牲の数に大きな差が出たであろうことは明白でしょう。数多の犠牲を出し、形を変えて中枢だけが生き残っていたところで、やはりそれは、アーリシア王国とは言えません。民が死ねば、国は国ではないのです」

……民が死ねば国は国ではない、か。

あの国では本当に色んなことがあり、俺が行った時は特にガタガタになっていたことが多く、「大丈夫かこの国」なんて思うことも、それなりにあった。

だが――こういう軍人もちゃんといるのを見ると、やはりアーリシア王国は大国なのだということがよくわかる。

願わくば、あの国にこの人のような人材が増えてほしいものだ。

「ですので、あなたには心からの感謝を。あなたがお困りの際は、我々はいつでも力になりましょう」

「……わかった、その時はありがたく頼らせてもらうよ。ただ、俺としてはウチの嫁さんを助けてくれる方が嬉《うれ》しい。それが最も俺のためになるし、そちらさんのためにもなると思うんだ」

ウチの嫁さん、ネルの味方は、多ければ多い程良い。

それに、彼女が活躍すれば、それはアーリシア王国にとってプラスとなるだろうからな。

「あなたの妻というと、勇者殿ですな。えぇ、我らアーリシア王国軍、微力を尽くさせていただきましょう」

彼は確かな意志を感じさせる瞳《ひとみ》でコクリと頷《うなず》き、そう言った。

◇　◇　◇

指定の四日後までの間、俺はローガルド帝国内部の様子を見て回った。

大陸の南部に位置しているローガルド帝国は、一番南が海に面しており、横に長く広がっている。

領土的には、ネルが所属する国、アーリシア王国と同程度という話だ。

個人的には、港を得られたのが嬉しかったりする。

これで色んな海産物が得られるようになった訳なので、食卓のバリエーションが倍増である。

フフフ、大量の海産物を、お土産として買って帰ろう……刺身はいいぜ、刺身は。

皇帝のわがままとして、港を拡充させて、漁業奨励とかしたい。いや、する。決定だ。

……とりあえずそのことは措《お》いておくとして、ダンジョン領域自体は、ローガルド帝国の国境近くにまで広がっており、そうなっていないのは人の少ない辺境とかくらいだ。

国民からＤＰ《ダンジョンポイント》を得られるように、ダンジョンを広げたのだろう――いや、逆か。

ローガルド帝国の場合は、ダンジョン領域に沿うような形で、国を広げたのか。

ダンジョン領域の広さは、ウチの魔境の森ダンジョンの大体一・五倍といったところ。ただ、一日で得られるＤＰ量は魔境の森の三分の二程度といったところだろう。

今は他種族の兵士が多く駐留しているし、もう少し落ち着いたら半分くらいにまで下がるかもしれない。

人間の数は圧倒的だが、魔境の森の生物は一体一体が強く、その強さに比例して取得ＤＰは増えるからな。むべなるかな、といったところだ。

付近に棲息《せいそく》している魔物も一通り確認してみたが、作戦用のワイバーン亜種以外には、特に俺が手を出さないといけない程の能力を持ったヤツはいなかった。

というか、そもそも全体的に魔物の生息数が少なく、恐らく前皇帝や、歴代の皇帝達が生態系に影響を及ぼさない範囲で間引いていたのだと思われる。

むしろ、今の脅威は、やっぱヒトだ。

俺が見ていた範囲内でも、野盗集団が這入《はい》り込んでいたりしたので、目に付いた範囲のは潰《つぶ》しておいたが、こういう輩《やから》は、しばらく出現し続けることだろう。

こういうのは、俺よりも軍の仕事なので、早いところ魔界王達に解決してほしいものだ。

また、帝国内部の各都市の様子だが、意外と整然としていた。

兵士の指示に従い、配給を受け取り、屍龍《しりゅう》大戦の舞台となった帝都などでは、戦争によって——というか、冥王屍龍と俺との戦闘によってぶっ壊れた区画の修繕を協力して粛々と進めていた。

戦争に負けたことで意気消沈しているのはあるだろうし、そこかしこで他種族の兵が警戒しているというのも理由の一つだろうが、それにしてもあまり混乱した様子が見られない。

やはり、あの王が治めていた民、ということだろうか。

……あと、壊したのは悪かったよ。けど、俺達があの化け物倒さなかったら、もっと酷《ひど》いことになってたのは間違いないということは声を大にして主張したい。

帝都とか、下手《へた》すれば更地になってただろうし。

そして、この国のダンジョンにも、ウチの草原エリアと同じような造られた空間が存在しており、帝城の中からのみ繋《つな》がっていたそちらは、シェルターのような造りになっていた。

ウチみたいに草原が広がっている訳ではなく、迷宮と聞いて真っ先に思い浮かぶような、入り組んだ通路が広がっている訳でもなく、体育館のような広い施設を中心に、食堂や訓練場や、簡易宿泊所のような施設等が置かれていた。

この様子からすると、実際に避難所的な使われ方をしていたのだろう。

冥王屍龍が現れた際、ローガルド帝国の兵達は一斉に引いて行ったが、どうやらこの中に避難していたって話だしな。

中には、万の兵士が一か月は過ごせるであろう非常食と、武器防具等が数多保管されており、それはそのままここで保管しておくことになった。

まだまだ情勢が安定しているとは言えない今、下手に外に出して、裏に流出したりなどということがないように、という判断からだ。

なので、ここを十全に管理出来るよう、指定されたエルフや魔族の人員に、簡易的なダンジョンの操作権限も渡してある。

俺がいない間も、ある程度は使えるようにしないといけないからな。

つっても、使えるのは『扉』の通行許可を他人に与える権限、扉を繋げる場所の変更などの機能のみで、ＤＰカタログは勿論《もちろん》、施設の拡充やリフォームなんかも出来ない。

我が家の大人組に渡している権限よりも、数段下だ。

ここは俺のものなので、そこだけは譲らないことにした。

「へぇ……すごいね。これが、魔王の力か……」

空中にブン、と浮かぶメニュー画面を見ながら、物珍しそうな声を漏らす魔界王。

「残念だが、アンタに渡したのは簡易版だから、それを使って悪さは出来ないぜ？」

「そうなの？　それは残念だよ。新しいこの力で、悪の魔王ごっこでもしようかと思ったのに」

「お前が言うと冗談に聞こえないからやめてくれ」

マジで。

「……警備とかも一応出せるが、どうする？　ゴーレム……ダンジョン領域内部なら永遠に駆動可能なヤツ、数体くらい出しておくか？」

無生物魔物――ゴーレム。

俺がよく使うのは、『イービルアイ』に『イービルイヤー』、『イービルハンド』とかの補助系統ゴーレムだが、実は戦闘用ゴーレムも存在しているのだ。

「へぇ？　とりあえず一体見せてくれないか？」

「おう、わかった」

俺はすぐにＤＰカタログを操作し、戦闘用ゴーレムの一体を呼び出す。

すると、光が俺達の前に凝縮していき――現れる。

四足歩行型。

見た目は、獅子《しし》のような胴体に、頭部は鷲《わし》のような形をしている。背中から翼も生えているが、これも鷲っぽい形だ。

大きさはリルより一回り小さいくらいであり、身体《からだ》は鉱石的な鈍い艶《つや》のある黒。

立派な嘴《くちばし》をしており、かぎ爪は鋭く尖《とが》っており、というかそのまま刃物の形だ。

――コイツの、ＤＰカタログ上の名前は『グリュプス』。

他のゴーレム群と同じように、ダンジョン領域内ならば勝手に魔力を充填《じゅうてん》し、動き続けてくれるので、使い勝手は非常に良く……が、ウチでは一切使っていない。

こんなゴツい見た目だが、ぶっちゃけコイツ、そんなに強くないのだ。

このグリュプスは、戦闘用ゴーレムの中で最も高価なのだが、魔境の森にて、一番魔物が弱い南エリアの魔物どもと同等の力しか持っておらず、しかも成長しない。

生命体ではないので、ウチのペット達と違って、どれだけ敵を倒したところでステータスが伸びないのである。

数を揃《そろ》えれば……という気もするが、わざわざそんな、無理して利用価値を見出《みいだ》さなくとも、戦力はリルを筆頭にしたペット軍団で十分だろう。

まあでも、見た目は厳つい上に、別に戦えない訳でもないので、ヒト種相手の警備ならばコイツで十分だろう。

ネルとかのレベルが相手になると負けるだろうが、そんなところまで想定して防備を整えるつもりはないしな。

「名前はグリュプス。強さはそこそこだ。アンタの部下のルノーギルとかだったら倒せるかもしれないが、多少強いくらいのヒト種なら問題ないな。五体もいれば、戦災級の魔物相手でも戦えるぞ」

魔界王は、命令待ちをしているグリュプスをしげしげと眺め、コクリと頷く。

「……いいね、この見た目も相まって、警備には十分だね。帝城とこの中を守らせようか。十体出してくれないかい？　買おう」

「あぁ、いや、そういうのはいらん。命令の権限はアンタに渡しておくから、好きに使ってくれ」

「いいのかい？」

「ここは、俺の国だからな。これくらいは、俺の仕事の範囲内だ」

こんなので商売しようと思う程、切羽詰まってはいない。

というか、金とかいらんし。使い道ないので。

気楽なもんだ、魔王暮らしは。

「……ん、わかった。それじゃあ、君の好意に甘えさせてもらうよ。こんなのまで貰《もら》ってしまった以上、こっちも頑張らないとだね」

「おう、実はそれが目的だからな。『俺がこれだけ尽力しているんだから、そっちもそれなりにやってくれるよな？』っつー圧力が掛けられるだろ？」

「フフ、なるほどね。大した策略じゃないか。僕はまんまと嵌《は》められてしまったようだ」

そんな冗談を言い合いながら、俺は注文されたゴーレムを出し、使い方を魔界王に教えていると、俺達の下に一人の兵士が訪れる。

「陛下、ユキ殿、少し良いでしょうかねぇ？」

やって来たのは、ルノーギルだった。

「お、ルノーギル、もしかしてそっちの準備が終わったかい？」

「えぇ、陛下。ローガルド帝国宰相が数時間程で現場に到着するので、ユキ殿にはそろそろ準備していただきたく」

「了解。――んじゃあ、魔界王。使い方は今教えた通りだ。他のヤツに使わせるにしろ、どうするにしろ、好きにしてくれ」

そう言い残し、俺はその場を離れた。

――さあ、仕事だ。

これを終わらせれば、ローガルド帝国での雑事は終わりだ。

今後も時折様子を見に来るつもりではあるが、しばらくは放置でいいだろう。

何か外敵や魔物が這入り込んだ際には、もうマップで確認出来るようになっているので、こっそり討伐しといてやるとしよう。

反乱の鎮圧とか、クソ程面倒そうなことはやりたくないので、魔界王のこの策で、今後この国の面々には、大人しく従ってくれるようになってほしいものである。

王達が目指す、種族の関係ない国が出来上がることを、願うばかりだ。

……ま、さっさと終わらせて、レイラのお師匠さんと約束した通り、羊角の一族の里へ遊びに行くとしよう！

◇　◇　◇

魔王と部下が去った後、残されたフィナルは、自身の周囲に佇《たたず》む『怪物』達を見ながら、ひとりごちる。

「……魔王とは、すごいものだね」

改めて、感じる。

その、隔絶された力を。

彼は、何でもないようにこの怪物を渡してきたが……いや、実際に彼はこの『兵器』を、その気になれば倒されてしまう『雑魚《ざこ》』としか思っていないのだろう。

彼が連れていた、フェンリルを筆頭にした五匹の魔物達。

強大な力を持つ彼らに対し、大きく劣る力しかないこの怪物達のことは、警備に使うくらいが丁度良いと考えているのだと思われる。

だからきっと、彼はわかっていないのだ。

ルノーギルならば倒せる、と言っていたが、それがどれだけのことであるかを、理解していないのだ。

自身の右腕と言えるであろうルノーギルは、戦争によって魔力の一切合切が失われてしまったため、戦力が半減したと言えるだろうが、それでもなお、彼は魔界において随一の戦士である。

条件さえ揃えば、今の彼であっても、そこらの軍隊と戦わせて勝利出来ることだろう。

ルノーギルがルノーギルとして成長するまでに、凡《およ》そ二百七十年は掛かっており、だが魔王は、そんなレベルの力を持つ自律型兵器を、何でもないかのようにポンポンと生み出した訳だ。

あの様子からすると、百や二百、もしかすると千程度ならば、同じものを用意出来るのではないだろうか。

彼と同じようにダンジョンを有していたこの国、ローガルド帝国がここまで発展した理由が、よくわかろうというものだ。

「……………」

ヒト種の国家で、軍事的に彼に敵《かな》う者は、もはや存在しないだろう。

今回のようにどこかと連合して当たれば、戦いにはなるかもしれないが……まあ、そんなことになるくらいなら、死ぬ気で彼との和睦《わぼく》に皆が動くことだろう。

彼と敵対するということは、そのまま国の存亡に関わる程の危機なのだから。

この世界にはヒト種よりも強い生物はごまんとおり、彼の奥さんの覇龍のように、中にはたった一匹で数個の国など簡単に滅ぼすことが出来る程の強者《つわもの》が存在するが……もはや彼の影響力は、その地点にまで近付きつつあると言えるだろう。

――あの戦争の勝敗を分けた要因は、幾つかあるだろうが、最も大きいのはやはり、彼が味方だったか、敵だったか。

その点に限る。

故に、ローガルド帝国前皇帝、シェンドラが負けを確信した途端、彼にこの国を譲ったのは、英断だった。

間違いない、あの男は先までを見越し、あの時点で手を打ったのだ。

前皇帝は、戦争を起こした張本人として、処刑されることが決まっている。

すでに魔界へと搬送され、獄中であるが……。

「……ただ処刑するには惜しい、か」

未来への策謀を巡らし、魔界王は楽しそうに笑っていた。

閑話二　魔帝

それは、衝撃的な光景だった。

「オラァッ‼」

魔族らしい男――魔王が振り下ろす、非常に刀身の長い、見慣れぬ反りのある紅色の剣。

どれだけの威力があるのか、その一撃でローガルド帝国軍を散々悩ませていた魔物――ワイバーン亜種の片腕が吹き飛び、苦痛の悲鳴が辺りに響き渡る。

そして、表情に怒りを滲《にじ》ませ、ワイバーン亜種は何らかの魔法を放とうとするが――。

「グルルゥッ‼」

あの男の配下であるらしい巨大な狼《おおかみ》が、気が付いた時にはその懐に飛び込んでおり、翼の一部を食い千切る。

再度一帯に響き渡る、悲鳴。

――一方的な蹂躙《じゅうりん》。

それも、ワイバーン亜種が、一人と一匹によって蹂躙されているのである。

眼前で繰り広げられる理解の範囲を超えたその戦いを、彼――ローガルド帝国宰相は、ただ呆然《ぼうぜん》と眺めていた。

あのワイバーン亜種は、一年程前に帝都から程近い位置にある山脈に住み着いた個体である。

そのせいで、近くの街道が使えなくなってしまい、経済面のダメージがそれなりに出ており、生態系の変化による魔物の被害もまた多く発生していた。

奴《やつ》自身による人的被害は、生息地が山中であったためそこまで多くはなかったものの、それでも幾つかの報告が届いていたのを覚えている。

無論、被害が出るのを座して待つだけではなく、何度か討伐のための軍は派遣したものの、奴はデカい図体《ずうたい》に見合っただけの頭を持っていたようで、逃げられて失敗に終わったり、奇襲を仕掛けられて部隊が壊滅したりを繰り返す結果となった。

結局、「今は時期が悪い。山から出て来ぬのなら、放っておけ」という皇帝シェンドラの指示で、放置されていたのだ。

そんな、悩みの種であったワイバーン亜種が、手玉に取られ何も出来ずに圧倒されているのだ。

「…………」

あの男が、我々を負かしたのか。

あの男が、賢く強《したた》かだった皇帝シェンドラを打ち破ったのか。

あの男が――我々が頂く、次の皇帝となるのか。

人間以外のヒト種が、肉体や魔力で優れている点が多いことは知っている。

だが、アレは、完全にその枠外の存在だろう。

戦争の報告は聞いていたが……まさか、ここまでとは。

——化け物め。

アレを、敵に回してはならない。

今ならばわかる。

皇帝シェンドラは、陛下は、それがわかったからこそ玉座を明け渡したのだろう。

ローガルド帝国という国を楔《くさび》にすることで、奴を縛ったのだ。

利と理で、刃の切っ先を下げさせたのだ。

そんなものは知らないと、法も道理も理解出来ないような、理性のない獣が相手ならばその策は上手《うま》くいかなかっただろうが、しかしそうではないことは以前の会談でわかっている。

あの時は荒れた姿を見せており、短気な軍務大臣が見事に引っ掛かっていたが、男の瞳《ひとみ》に冷静さが宿っているのは、見ていて感じられた。

他種族の王達も、あの男のことは信頼しているらしく、今にも暴れ出しそうな奴の姿を見ても特にたじろいだ様子はなく、完全に成り行きに任せていた。

奴が、本当にただの破落戸《ゴロツキ》風情だったのだとしたら、決してそんな様子は見せないことだろう。

だから、その存在感だけで冷や汗が出る程の力があることは間違いないだろうが、恐らく何か策略と共に動くようなタイプであり、故に食い物にされないためには、常に奴らの思考を読まねばならない——などと思っていた自分は、全く見当違いの考えをしていたようだ。

策略など、関係ないのだ。

会談の際、あの男自身が言っていたように、こちらを潰《つぶ》そうと思えば本当に簡単に潰せるのだ。

そうしないのは単純な話で、潰すよりも残した方が利があると考えているからだろう。

国家の運営を継続させることに利がなくなれば、ただ搾取され絞り尽くされる未来が訪れる可能性は重々に存在する。

国家理性を前に、綺麗《きれい》ごとは通らない。

ましてや種族が違うのだ。共存が不可能となれば、片方が辿《たど》る末路は、根絶である。

策略を策略で返すような真似《まね》をし、「じゃあ、もう面倒だからいいか」と、国ごと潰される未来を迎える訳にはいかない。

……現在国内では、不満や不安、人間ではない他種族達が我が物顔で街を歩いていることに対する悪感情が高まっている。

戦争に負け、意気消沈している今だからこそ問題は起きていないが、時間が経《た》てばどうなるかはわからない。

いや、確実に何かが起きると断言出来る。

元々この国は、国内の団結力を高め、意思統一をしやすくするために、他種族に対する排他的な思想を敷いていた。

戦争のためにはそれは上手く機能したが、ことここに至っては、むしろ人間至上主義的な価値観は間違いなく邪魔になる。

変に反体制運動やテロなどを民衆に起こされてしまえば、目を覆いたくなるような惨劇が起きてしまってもおかしくない。

慈悲も容赦もなく、すり潰される可能性は大いに存在する。

――逆らうな。従え。その間は、この国に襲い来るどんな脅威からも守ってやる。お前らの前皇帝とそう約束したからな。

あの男が言っていた言葉が、脳裏を過《よ》ぎる。

どこまで信じていいのかはわからないが、それを本心から言っているのであれば、この国は大きな守護を得たことになる。

ただ黙って従うだけで良いのであれば、何と楽な条件であることか。

「陛下……あなたはやはり、偉大でしたよ」

彼が守ったこの国。

我々の代で、滅亡させる訳にはいかない。

あの男――魔王であり、皇帝。

魔帝。

どの選択を取るにしろ、戦争を起こしたのは、我々である。

その尻拭《しりぬぐ》いは、しなければならない。

まずは……ここから帰り次第、すぐにでも貴族達に根回しを始めるとしよう――。

第三章　旅行準備

ダンジョンの皆を集め、提案する。

「レイラお姉ちゃんの里に、みんなで旅行⁉　行きたーい！」

「ちょっと大変そうな感じではあるんだがな。ただ、レイラのお師匠さんとそういう約束をしたから、出来れば行きたいんだ」

「ふむ、レイラが良いのならば良いのではないか？　もちろん儂《わし》らは構わんぞ」

「私は、魔王様がご迷惑でなければー……皆さんと暮らしていたら、妹の顔も恋しくなってきましたのでー」

ワクワクが隠せない様子で俺達の話を聞いているイルーナの頭を撫《な》でるレフィに、妹の顔を思い出しているらしく、頬《ほお》に手を当ててそう答えるレイラ。

レイラの妹というと……以前魔界で出会ったあの子だな。

元気で利発な良い子だった。レイラと血は繋《つな》がっていなかったはずだが、実際の姉妹のように、非常に親しい様子だったのを覚えている。

「なら、決まりだな！　ネルの予定を見て、準備しようか」

リューとの結婚式の後に、ネルは仕事に戻ってしまったので、彼女が休めそうな時を見計らって行くとしよう。

まあ、今の俺は割と偉い役職に就いた、割と偉い人なので、彼女の仕事があんまり長引きそうだったら、わがまま言っちゃおっかな！

ただ、そういうのはネルが嫌がりそうな気もするので、アーリシア王国にて緊急性が高そうな事案があったりしたら、こっそり俺も裏で手伝ったりして、帳尻《ちょうじり》を合わせるとしよう。

と言っても、今は戦争終わりで平和になったばかりなので、そうそう緊急の案件はないだろうがな。

通常の軍じゃあ、相手に出来ないような魔物の討伐くらいか。

「羊角の一族の里、楽しみっすねぇ！　彼女らのところは学者一門だから、研究資料として色んな面白いものがあるそうなんすよ！　それで観光業なんかもやっていて、研究のための資金にしているとか何とかって話っす！」

「おぉ、それはいいな。是非ともレイラに案内役を務めてもらって、色々見せてもらわんとな！」

「うふふ、わかりましたー。皆さんに満足していただけるよう、向こうに着いたらいっぱいご案内させていただきますねー」

「お旅行だー！　うわぁ、嬉《うれ》しいなぁ！」

「……みんなが一緒は、初めてだから楽しみ」

「おりょこー？　そんなに楽しいの？」

シィの言葉の後に、レイス娘達が揃《そろ》って不思議そうに首を傾《かし》げる。

イルーナとエンは大喜びな様子だが、ダンジョンの魔物組は、ダンジョンから離れたことがないのでよくわからないのだろう。

フフフ、その楽しさは、実際に旅行に行った際に、存分に感じるといい……。

「よし、そうと決まればさっそく準備せねば。レイラ、羊角の一族の里は、魔界の海辺近くの地域って話だったな？」

「そうですねー。魔王様とレフィのお二人なら、飛んで三日程だと思いますが……徒歩ですと、ひと月は掛かってしまうでしょうかー」

「どうするんじゃ？　流石《さすが》に、その長さじゃと童女どもが疲れてしまうぞ？」

「疲れないもーん！　だって、楽しみでワクワクが爆発だから！」

「そうは言うても、日を跨《また》ぐ旅となると、少々大変じゃぞ？　お主、草原で遊んでいる時も夕方になるとウトウトしておるじゃろう」

「！　むむむ、確かにそうかも。いっぱい楽しんだら、疲れちゃうかも」

レフィに諭され、「うむむむ」と唸《うな》るイルーナ。可愛《かわい》い。

しかし、レフィの言う通りではあるな。

長旅になるのが確実な以上、快適な移動手段の確保は重要だろう。

大人達ならば、多少の不便は我慢出来るだろうが、それを幼女達にも強いるのは酷だろうしな。

「んー……いや、待てよ？」

そう言えば、つい最近の戦争で知り合った者達の中に、飛行船乗りがいた。

龍の里へ行く途中で出会い、そして少し前の戦争にも参加していた軍人だ。

今後のことを考えれば、移動用の乗り物は一台くらい持っていてもいいかもしれないが……今こそ俺は、コネを利用するべきか？

◇　◇　◇

しばらく来るつもりはなかったのだが、そんな訳でやって来たのは、ローガルド帝国。

「あぁ、いいぞ」

どうにかアポが取れた、知り合いの飛行船乗り——エルレーン協商連合という国の軍人、ゲナウス＝ローレイン大佐は、二つ返事で頷《うなず》いた。

「……えっと、自分で聞いといてアレだが、本当にいいのか？」

「戦争より以前に、ユキ殿には船を救ってもらった恩がある。その礼はいつかしたいと思っていたし、実は魔界には我々も用があってな。あの魔界の王が、飛行船の技術にいたく興味を示し、交渉の末一隻譲ることになったのだ。その運搬に同行してもらう形ならば、多少の寄り道くらいは構わんぞ」

「へぇ……飛行船、売ったのか。あの王、大分強《したた》かだが、良かったのか？」

「無論、我々にも多くの利があるからこそ交わした契約だ。代わりに、彼らが秘する幾つかの技術や魔術を教えてもらうことになっていてな。——もう、人間が空を仰ぐ時代は終わりだ。これからは我々も、他種族達と同じように大空を舞うことが出来るようになるだろう」

そう言って彼は、ニヤリと笑みを浮かべる。

……どうしてこっちの世界のヤツらは、こんなにもカッコいいんだろうな。

「それに、魔帝ともなるお方に乗船していただけるのなら、船に箔《はく》が付くというもの。何より、安全だ。万が一途中で魔物なんぞに襲われても、貴殿が乗船するなら無傷で済むだろうからな」

「おう、ＶＩＰ待遇を期待しとくぜ。代わりに警備に関しては、災厄級レベルの魔物が来ても撃退出来るようにしてやろう」

実際、レフィも乗るので。

龍の姿に戻れなくなり、弱体化したとか言っていたが、どうも皆が見ていないところで力の出し方を訓練しているらしく、魔境の森の西エリアで魔物狩りをしている様子を、以前から『マップ』でちょくちょく見掛けている。

覇を打ち立てた龍が、戦いの術《すべ》を学び始めたのである。

誰《だれ》が何と言おうと、今の彼女こそが、何人も届かない最強なのだ。

アイツ程の良い女は、やはり、世界を見渡してもどこにもいない。張り合えるのは、きっとウチの面々だけだろう。

「ハハハ、それは頼もしいな。万が一があった際には、是非とも頼らせてもらうとしよう。――では、出航に関する話をしようか」

「了解。そちらさんの日程を教えてくれ」

そして俺と大佐は、細かい日程についての話を進めたのだった。

◇　◇　◇

「よーし、お前ら、この人達に挨拶《あいさつ》しろー。俺らを魔界まで連れていってくれる人達だ」

「おじちゃん達、ありがとー！」

「ありがトー！」

「……感謝」

イルーナ、シィ、エンの言葉の後に、レイス娘達が感謝を示すべく、揃ってペコリと頭を下げる。

「うむ、どういたしまして、お嬢さん方。……あー、思っていた以上に、個性的なお嬢さん方だが……お前達、敬礼！」

船長の合図の後、後ろで整列していたエルレーン協商連合の軍人達が、一斉に敬礼する。

「うわぁ、かっこいい！　おにいちゃん、軍人さんたち、かっこいいね！」

イルーナの無邪気な声に、頬が緩み、若干ニヤつく軍人諸君。

うむ、気持ちはわかるよ、君達。

ウチの子ら、超絶可愛いだろ。

――ここは、俺が何度も行ったことのある、アーリシア王国の辺境の街『アルフィーロ』である。

正確には、街を囲む防壁の外の、広々とした草原だ。

俺達がこの近辺に住んでいることを知り、わざわざこちらまで来てくれたのだ。

「船長、今日から数日、よろしく頼む。見ての通り子供らが多いんで、ちょっとうるさくしてしまうかもしれんが、そこは勘弁してくれ」

「フフ、無論構わんさ。……ただ、一つ聞いておきたいのだが、その透明な子達は、魔物では？　というか、レイスでは？」

「お、よくわかったな」

「……あー、何と言うか……随分と可愛らしいレイスがいたものだな。そこの水色のお嬢さんも、あまりヒト種っぽくは見えんし……」

「おう、可愛いだろ？　ま、その子らが俺の身内なのは間違いないし、絶対に危害は加えないから、というか見た目通りの子供だから、そこは安心してくれていいぞ」

「……今更だが、ユキ殿が魔王であるということを、今深く理解したよ」

彼は一つ苦笑を溢《こぼ》すと、次にウチの大人組へと挨拶する。

「奥様方、私はエルレーン協商連合のゲナウス大佐であります。ユキ殿に我々は、命を救われました。その恩返しとするには些《いささ》か少ない気も致しますが、この道程においては皆様を心よりもてなさせていただきましょう。何かありましたら、何でも申し付けていただきたく」

「うむ、感謝する。しばしの間じゃが、世話になる。お主らの方も、何か異常を感じ取ったらすぐに言うてくれ。ユキから話は通っておるじゃろうが、道中の安全は儂らが確保しよう」

代表してレフィが言葉を返した後、俺達は船長の案内で乗船を開始する。

「おぉ〜、これが飛行船！　何だか、とってもワクワクするね！」

「すごいすごい！　あるじのおしろみたい！」

「……ん。ワクワクがいっぱい」

テンションだだ上がりなのがよくわかる幼女達が、周囲を見渡して歓声をあげる。

いたずらっ子であるレイス娘達が、内部を飛び回りたくてウズウズしているのがわかるが、それはちょっと迷惑になる気もするので、我慢していてくれな。

この船に乗っている間は、人形に憑依《ひょうい》したままでいてもらった方がいいかもしれん。

まあ、ウキウキしている彼女らの気持ちも、よくわかる。

俺はすでに二度飛行船に乗ったことがある訳だが、それでも気分が高揚するのを抑えられない。

子供らにとっちゃ、割とマジで遊園地感覚なのではないだろうか。

「船長、この船、以前のと違って軍用船じゃないんだな？」

「うむ、どちらかと言うと、旅客船仕様になっている。魔界の王が目を付けたのは飛行船の輸送能力だったようで、軍用よりもこちらに惹《ひ》かれたらしくてな。以前ユキ殿が乗ったものより速度は劣るが、その分輸送量と快適性が上がっているのだ」

戦争の際に乗った彼らの飛行船は、かなり武骨な、見るからに軍用というのがわかる内装をしていたが、この船は配管をなるべく隠すように意識されているのが窺《うかが》え、通路も心なしか広く、床にもカーペットが敷かれている。

明かりも多く設置されており、恐らく長旅でもストレスが溜《た》まらないよう居住性に気を遣っているのだろう。

「はー……イルーナちゃん達じゃないけど、これは確かに、ワクワクするね」

「こんなおっきいのが飛ぶって、人間はすごいものを造るっすねぇ……」

「そうじゃの。やはり人間は、手先が器用じゃな」

「どんな原理で動かすのですかねー？　動力は魔力だと思いますが、しかしこの大きさのものを浮かすとなると、それだけではないでしょうしー……あの細長い球の部分が、船体を浮かすのでしょうかー？」

ウチの大人組もまた、物珍しい様子で飛行船内を見ながら会話を交わす。

若干一名、好奇心が刺激されて目が爛々《らんらん》と輝いているようだが、この船の動力とか、多分思いっきり軍事機密だと思うので、無理に聞いて困らせないようにね。

ちなみに、我が家で唯一外で働いているネルもまた、日程を合わせることで、無事に今回の旅行に参加することが出来た。

ただ、彼女はこの旅行に合わせて一つ仕事を任されているようで、魔界王のところに一度挨拶に行かなければならないようだ。

ヤツは少し前までローガルド帝国にいたが、現在は帰還し、魔界へと戻っているらしい。

あの国でのことが一段落した、ということなのだろう。

「ユキ殿、そろそろ船を動かそうと思うのだが、せっかくだから見学するか？」

「お！　ぜひ頼む、ウチの子らに面白いところを見せてやってくれ」

「ハハ、わかった。では、こちらに付いて来てくれ」

そうして案内されたのは、飛行船の艦橋。

すでに数人の軍人が待機しており、俺達が入ってきたのを見て敬礼をした後、船長の「直れ！」

という声にザッと揃《そろ》って休めの姿勢になる。

見慣れない操舵《そうだ》室の内部を興味津々で見渡している俺達を見て、船長はニヤリと笑みを浮かべる
と、声を張り上げた。

「これより、発艦する！　エンジン点火！」

彼の下す指示に、部下の彼らは慣れた様子でキビキビと動き、そしてグオングオンと船が唸り始
めた後、一瞬身体《からだ》が下に持って行かれる感覚。

窓の外を見ると、周囲の景色《けしき》がどんどんと遠ざかり、飛行船が上昇を開始していた。

以前乗った時より、騒音が小さいな。

内部に、遮音結界でも張っているのかもしれない。

『おぉ～！』

その様子に、思わずそんな声が漏れる我が家の面々。

「すごいね……おにーさんとレフィは、いつもこの景色を見てるんだね」

「カカ、ま、そうじゃな」

「……今更っすけど、ウチら、空を飛ぶんすね……こ、この船、落ちたりしないっすか？」

リューの言葉に、船長が笑って答える。

「ハハハ、確かに以前、落ちかけたことはありますが、その時はユキ殿らに救っていただきました。獣人族の奥方、彼がいれば仮に墜落したとしても大丈夫ですよ。――さて、それでは次は、皆様のお部屋に案内させていただきましょう」

客の反応が楽しいらしい彼に続き、俺達は艦橋を後にする。

サービス精神が旺盛《おうせい》な、茶目っ気のある船長のおかげで、楽しい船旅になりそうだ。

◇　◇　◇

「うわぁ……雲が下に見える！」

「あのくも、おいしそうだネ！」

「……ん。わたあめみたい」

「ユキ、わたあめ食いたい」

「レフィ、お前、発言が幼女組よりもガキっぽいぞ……ほらよ」

「あっ、おねえちゃんいいな～」

「勿論《もちろん》全員分あるぞー。ほら、並べー」

「「やったぁ！」」

「……やったぁ」

俺はアイテムボックスから取り出したわたあめを、順番に幼女達に渡す。

物が食べられないレイス娘達には、代わりに以前レイラと作製した魔力飴玉《あめだま》である。

「みんな、食べるのはいいけど、手が汚れちゃったら周りを触っちゃダメだよ？　ここ、ウチじゃなくて借りてるお部屋だからね」

ネルの言葉に、彼女らは揃って返事をし、それぞれ嬉《うれ》しそうに食べ始める。

手を汚さないように、ではなく手を汚すことを前提で注意している辺り、ネルもよくわかってるな。

――あの船長は、俺達用に二部屋用意してくれたのだが、ここはその内の片方の部屋だ。

流石に広さはないのだが、しかし内装はかなり綺麗《きれい》に整えられており、ベッドなんかもフカフカで寝心地《ねごこち》が良さそうだ。

多分、ＶＩＰ室とかそういった感じの部屋なのだろう。

船長が言っていた通り、本当に旅客船仕様であるようだ。

「それで……そっちはどうだ？」

「回復魔法を掛けたら少しは良くなるのですがー……こればっかりは、ちょっとどうしようもないですねー」

俺の言葉に、苦笑交じりで答えるレイラ。

「う、うぅ……よくみんな、そんなケロッとしてられるっすね……」

そう口を開くのは、ベッドに横になり、レイラに介抱されているグロッキー状態のリュー。

どうも、揺れと響くエンジン音、振動でやられたらしく、先程ダウンしてしまったのだ。

リューは獣人族である故、俺達よりも感覚器官がかなり鋭いので、こういうちょっと特殊な環境は辛《つら》いのだろう。

「リュー、お主、船に逆らおうとするからそうなるんじゃ。緊張して、抵抗しようと身体を強張《こわば》らせると、そういうことになる。もっと動きに身を任せることじゃの」

「そ、そんなこと言われても……難しいっすよぉ……」

「りゅーおねえちゃん、シィ、かいふくまホーかけてあげるね！」

「ありがとう、シィちゃん……」

その本格的にダメそうな感じに、俺は一つ苦笑を溢し、彼女へと声を掛ける。

「しょうがない、リュー、隣の部屋で、一緒にちょっと休むか。ひと眠りすれば多少は楽になると思うぞ」

「うぅ、大丈夫っすよ、ご主人……みんなと、楽しんでもらってて……」

「お前と一緒にいるのも悪くないからいいさ。レフィ、こっちは頼むな」

「うむ、わかった」

俺はリューの背中と膝《ひざ》裏に腕を入れると、いわゆるお姫様だっこの形で彼女を抱き上げる。

「……今、具合悪くなって良かったたってちょっとだけ思っちゃったっす」

「はは、体調良くなったら、もっと楽しいぞ。レフィも言ってたが、酔いっていうのは、大体が緊張から来るモンだ。ひと眠りして、リラックスしよう」

そのまま俺は、彼女と共に隣の部屋に入ると、二人一緒にベッドに横たわった。

◇　◇　◇

ユキとリューが、部屋で休み始めた頃《ころ》。

レフィは、他のダンジョンの住人達を連れ、見学許可をもらっていた飛行船の後部にある展望デッキへと向かっていた。

「あ！　軍人さんだ！　けいれー！」

「けいれー！」

「……敬礼」

幼女達がピシッと揃って敬礼する様子を見て、たまたま通りがかっただけの船乗りが、笑って同じように敬礼を返す。

ユキが、「軍人さん達と会った時は、敬礼して挨拶《あいさつ》するといいぞ」なんて教えてから、ああして毎回敬礼しているのだ。

あんまり仕事の邪魔をしても、とは思うが、軍人達も見るからに頬《ほお》の筋肉が緩んでいるので、「まあ、良いか」と注意はしていない。

彼らも彼らで、楽しんでいるらしい。

「そう言えば、まだ聞いてなかったんだけど、この船の人達をおにーさんと助けたの？」

「うむ、龍の里に向かう道すがらにの。魔物に襲われておったんで、助けたんじゃ。のう、エン」

「……ん。虫さんがお祭りしてて、それを主《あるじ》とおねえちゃんが、メってしてた」

「虫さんのお祭り？　わたしも見てみたかったな～」

「め～！」

羊の真似《まね》をする、シィとレイス娘達。

「あはは、羊さんだ。――虫さんのお祭りかぁ。見てみたいような、見たくないような感じだね」

「あー……そうじゃのう。祭りという程、可愛《かわい》いものではなかったのは確かじゃな。ユキが悲鳴をあげる程ではなかったが、大分気色悪い目で見てはおったの」

「おにーさん、虫、嫌いだもんねぇ……幽霊船ダンジョンを一緒に攻略した時とか、腕を蛆虫《うじむし》に集《たか》られて、悲鳴あげてたよ。まあ、あれは僕も気持ち悪いと思ったけど」

「……主、森に行った時も、黒い大きい虫さんを見て、悲鳴あげてた」

「相変わらず、弱点の多い男じゃのう――って、レイラ？」

「なるほどー、中はこういう……この知を結集させた構造、ヒトの手でここまでのものを造り上げるとは、大したものですー。この技術進歩は、もはや一つ革命を起こしたと言っても過言ではありませんねー」

「うむ、お主はいつも通りじゃな」

瞳《ひとみ》を輝かせ、辺り一帯を隈《くま》なく観察しているレイラに、楽しそうなら何よりと、「うむ」と頷《うなず》く。

――そうして、邪魔にならないよう気を付けながら船内を進んでいき、数分後。

辿《たど》り着《つ》いた展望デッキは、かなり広く造られており、壁の全面、そして床の一部がガラス張りになっていた。

「おぉ～！　すごいすごい！　下がよく見えるー！」

「きれぇ～！」

「……ん。壮大」

眼下に広がる雲海。

雲の切れ間からは、どこまでも続く緑の大地が覗《のぞ》き、陽光がすべてを淡く照らしている。

部屋の窓からも外は見えていたが、これだけ広々と見えるとやはり感動もひとしおであるようで、幼女達は歓声をあげて壁に走り寄り、窓に噛《かぶ》り付く。

「これが、翼持ちの種族が見ている世界ですかー……この光景は、確かに感慨深いものがありますねー」

「う、うわぁ……これはちょっと僕、怖いかも。落ちちゃいそうで……」

「仮にそうなっても、儂《わし》が引き上げてやる故、大丈夫じゃぞ」

「……出来ればその経験はしたくないね」

微妙に引けた腰で、おっかなびっくりの様子で外の景色《けしき》を見るネルに、レフィはカカ、と笑った。

◇　◇　◇

「いやー、あのお嬢さん方、可愛いもんだなぁ」

「あぁ、他種族の子供ってのは初めて見たが、やっぱ種族が違ったとしても、子供は子供なんだってのがよくわかったよ。……あー、レイスのお嬢さん方には流石《さすが》に驚いたが」

飛行船の乗組員の彼らは、仕事をしながら、珍しい客人に関しての会話を交わしていた。

「あれだけ可愛らしいレイスを見たのは、この飛行船の奴《やつ》らくらいだろうよ。……いや、だが、レイスって魔物は、ヒト種が死に、けど恨みで死に切れない時に生まれるものだろ？　あの子らにも、そういう痛ましい生前があんのか……？」

「あ、それは違うらしいぞ。あの魔族の旦那《だんな》が言ってたんだが、あの子らは生まれた時からレイスって種族で、つまり生前なんてものは存在していないから、恨みも何もないんだとよ。見た目通りの幼女らしい」

「……よくわかんねーな、他種族」

「違いない」

彼らは互いに顔を見合わせ、一つ苦笑を溢す。

「それにしても、面白いこともあったもんだ。ついこの前までは人間と魔族ってのはバチバチにやり合ってたはずなのに、今じゃあ完全な協調路線で、こうして同じ船にまで乗ってるんだからよ」

「本当にな。全《すべ》ては政治なんだっつーことをよく理解したよ。ま、おかげでこの船に、可愛らしいお嬢さん方も、美しい奥様方も乗ってくれて、旅に華やかさが出て嬉しいモンだがな」

同僚のニヤけ面に、もう一人の乗組員はジト目を送って言葉を続ける。

「……そりゃ同意だが、お前、間違っても変な気を起こすんじゃないぞ。魔族の旦那、すげー気さくな感じだが、あれでもローガルド帝国の現皇帝って話だからな。ウチの船長が仲良くしてる以上、悪い人じゃあねぇことだけは確かだろうが、下手《へた》なことをすると一族郎党処刑ってのもあり得るぞ」

「わ、わかってるさ！　俺だってそんな、剣山の上で綱渡りするような命知らずな真似はしねーっての。ただ、あのお嬢さん方にまた、『けいれー！』ってしてほしいくらいで……」

「……まあ、確かにあれはめったくそ可愛いがな。我が家の悪ガキどもに、あの純真さを見習ってほしいもんだ」

「あー、お前ん家の兄弟はやんちゃ盛りだもんなぁ。つっても、息子ってなぁそんなもんだろ。……ハァ、俺も早いところ、嫁さんが欲しいぜ」

「おう、いい機会だし、どうせなら他種族の嫁さんを貰《もら》ったらどうだ？　顔が怖ぇって言われ続けたお前を気に入ってくれる良い子も、他種族ならいるかもしんねーぜ？」

「……考えておく」

そんな言葉を最後に、彼らは仕事に集中し始めた。

――数年後、強面《こわもて》で今までロクに恋人も出来なかった船乗りの彼は、無事に獣人族の嫁さんを貰ったとか、何とか。

◇　◇　◇

空の旅は、何も問題なく続いた。

早々にダウンしてしまったリューだったが、介抱されている内にだんだんと飛行船の環境に慣れてきたようで、途中からは外の景色を楽しむ余裕も出ていた。

まあ、その間も付きっ切りで看病することをせがまれ、ずっと一緒にいたのだが。

リューは以前は一つ遠慮があった感じだが、結婚の儀というしっかりとしたものを経て関係を結んでから、よく甘えてくれるようになった。

男冥利《みょうり》に尽きる感じで、もう、最高ですね。

道中で何か危険があったら、俺達で排除するという約束だったが、特に何も出て来ず、すでにこの船は魔界の領域内に入っていた。

どうも飛行船の巨体を怖がり、魔物達の方が逃げて行ったようだ。

野生生物ってのは、確かに見慣れないものを怖がるものだし、以前のように襲われていたのが珍しいケースだったのだろう。

好戦的なワイバーン辺りならちょっかい掛けに来てもおかしくはないだろうが、魔境の森ならともかく、亜龍とも呼ばれるヤツらは、そんなどこにでもいる訳じゃないしな。

「とりあえずアレだね。船を降りたら、お風呂《ふろ》に入りたい」

「あー……そうだな。快適には過ごせたが、風呂ばっかりはなぁ……」

風呂大好きっ子であるネルの言葉に、俺も同意する。

身体《からだ》を拭《ふ》いたりくらいはしていたが、確かに風呂に入りたくはある。

レイラの里には温泉があるとのことなので、まずそこに直行したいところである。

「シィも、そろそろシンチンタイシャしたーい！」

シンチン……あ、新陳代謝か。

「シィ、色がちょっと褪《あ》せて来ちゃってるもんねー。大変！」

「そうなの！　だから、はやくおみずのところニいきたくて」

色褪せてる……色褪せてる、のか？

正直、普段と変わらない気がするのだが……。

「え、えーっと……シィ、そんなに違うか……？」

「あー！　おにいちゃんひどーい！　違うよ、いつもとは全然！」

「……ん。光沢がない」

イルーナとエンの言葉の後に、レイス娘達が揃《そろ》ってコクコクと頷く。

「そうだよ、よくみて、あるじ！　いつもとはコータクがちがうでしょ！」

ぷくぅ、と頬《ほお》を膨らませ、俺の服を引っ張るシィ。可愛い。

そう言われると……確かにそんな気もするな。光の反射が少し弱い、か？

そうか……シィはやっぱり、水場で新陳代謝してたのか。

「あ、あぁ、すまん。ほら、いつもと変わらない、綺麗《きれい》な水色をしてるからさ。わからなくてよ」

「そーお？　えへへ、ならゆるしてあげる！」

途端にニコニコ顔になるシィの頭を、ポンポンと撫《な》でて誤魔化《ごまか》しつつウチの大人組の方を見ると、
苦笑して首を横に振る。

どうやら彼女らも、あんまり違いがわからないらしい。

……ただ、この子らがこれだけ言う以上、いつもとは確かな差があるんだろうな。きっと。

「えー、オホン……わかった。じゃあレイラの一族の里に着いたら、まずは風呂に行こう。レイラ、案内任せた」

「はい、畏《かしこ》まりましたー」

コクリと頷くレイラ。

「それで、風呂に入って一泊したら、俺とネルは船長さん達と一緒に魔界王都まで行くから、その間こっちのことは頼むぞ、レフィ」

「うむ、任せよ」

ネルは魔界王に面会する予定があるとのことだったが、それに俺も付いていくことにした。

一応、ヤツの支配領域である魔界に来たんだし、俺も外では立場のある者になったので、挨拶くらいはしておこうと思ったのだ。

「おにいちゃんもネルおねえちゃんも、すぐ来てね！　待ってるから！　みんな一緒じゃないと、心から楽しめないもん！」

「フフ、うん、大丈夫だよ。多分、数日でそっちに行くと思うから。その間も、楽しんで待ってて、イルーナちゃん」

可愛いことを言ってくれるイルーナに、ニコッと微笑《ほほえ》むネル。

そうして彼女らと今後の日程の軽い打ち合わせを行っていると、コンコンと部屋がノックされる。

俺が返事をして扉を開くと、その向こうに立っていたのは、船長。

彼は一礼すると、言った。

「皆さん、残り一時間程で目的地に到着します。下船のご準備を」

◇　◇　◇

「ほー、これが羊角の一族の里か」

羊角の一族の里は、山の斜面に沿うようにして広がっていた。

まず、中央に見えるのは、大学のような造りをしている、巨大な建物。

それを中心に左右へと広がるような形で建造物が建てられており、全体的に隠れ里、といった感じの趣がある。

ただ、隠れ里と言っても人口規模は大きいらしく、街という程ではないが、それなりのデカい里であることが空から見るとよくわかる。

綺麗に区画整理もされており、こちらの世界の中ではかなり高い技術力があるようだ。

女ばかりの一族という話だったが、こういう建築とかも自分達で全《すべ》てやっているのだろうか――と思ったが、魔法があったな。

きっと、俺やレフィの原初魔法とは違った、もっと理論尽《ず》くの魔法でパパッとそういう建築なんかもやってしまうのだろう。

そして……やはり、レイラの同族であるらしい。

見ると、里の内部から次々と羊角を生やした女性達が現れ、興味津々にこちらを眺めている様子が窺《うかが》える。

やって来た飛行船に対し、見慣れぬものへの怯《おび》えを抱くのではなく、好奇心を持って当たってくる辺りが、もう彼女らの種族特性をよく表していると言えるだろう。

「お主の種族は……わかりやすいのう」

「それが生きがいの種族ですからねー。皆、人生の中心に好奇心を据えている者ばかりですからー」

「まあ、その中でもレイラは、ずば抜けていると思うっすけどね」

「あら、私くらいは普通なものですよー？」

のほほんとした顔でそう答えるレイラに、俺は苦笑を溢す。

いやぁ……あなたのお師匠さんも、あなたのことは「ちょっと手の付けられない子」って言ってたんすけどねぇ……。

ちなみにだが、飛行船の船員達もまた、俺達と共に里に一泊することになっている。

俺とネルが共に魔界王都へと行くので、その日程に合わせて魔界王都へと向かうことにしてくれたのだ。

それから、里より少しだけ離れた場所に飛行船を降ろしてもらうと、俺達は下船し、全員で里へと向かって歩き出す。

「あれ……もしかしてレイラ？」

「あの魔力の質……魔王、かしら」

「ま、待って、それよりも、あの角と尻尾《しっぽ》のある少女から物凄《ものすご》い圧力が……」

里に近付くにつれ強くなる、羊角の一族の女性達の、好奇心丸出しの視線をひしひしと感じていると——こちらへと近付く、見覚えのある一人のばあさん。

「随分派手に現れたね、アンタ達。ウチの里に遊びに来るとは言っていたが……まさか、あの戦争で使っていた飛行船で来るとは」

呆《あき》れたような顔でそう言うのは、レイラのお師匠さん、エルドガリア。

「お師匠様、お久しぶりですー」

「あぁ、久しぶりだね。レイラならどこであろうとも生きていけるだろうとは思っていたけれど……まさか、魔王に仕えているとは予想外もいいところだよ。まあ、それもアンタらしいと言えばアンタらしいんだが」

「うふふ、私は、神がいたとしてもそれは理論で説明出来るものなのだと信じていましたが、魔王様にお会い出来たこと、そしてここにいる皆さんに出会えたことは、理論を超越した奇跡なのだと、今では心から言うことが出来ますよー」

ニコニコと、本当に嬉《うれ》しそうに語るレイラ。

……随分と、嬉しいことを言ってくれるじゃねーか。

見ると、俺以外の面々も若干頬がニヤけていた。

「ん……仲良くやっているのなら何よりだよ。エミューにも顔を見せてあげな。アンタがいないことを寂しがりながらも、一人で頑張っていたからね」

「……えぇ、そうしますー。私も、エミューの顔が見たいと思ってたところですからー」

お師匠さんはコクリと一つ頷《うなず》き、言葉を続ける。

「とりあえず、お客人らはアンタが案内してあげなよ。アタシも面識があることだし、何かあったら言いな」

「ありがとうございます、お師匠様ー。皆様旅の疲れがありますので、まずは温泉にご案内しようかとー。――さ、皆様、こちらですよー」

そして俺達は、彼女の案内に従って里の内部へと入った。

◇　◇　◇

「あぁ……気持ち良いいな」

念願の温泉に入った俺は、思わずそんな声を漏らす。

人類最大の発明、それは風呂。過言は認める。

が、旅の疲れを癒《いや》すのにこれ以上のものはないだろう。

「フゥ……確かに湯は素晴らしい。温泉とは山地に湧《わ》きやすいそうだが……山地に住む種族が羨《うらや》ましいよ」

俺の言葉に、同じように温泉に浸《つ》かっている船長が、心地《ここち》良さそうにそう溢す。

「この里、住人も女性ばっかだしな」

「いやはや、ここは男には毒だよ。上に立つ身としては、女性ばかりの場所にいると、部下どもが何か粗相をしでかさないか心配でならん」

「大丈夫ですよ、船長！　お誘いする時は、船長にならって紳士的にいきますから！」

「船長が奥さん捕まえた話を参考にするんで！」

「……一応言っておくが、変に手を出した場合は、こちらの国の官憲に突き出して置いていくからな」

彼らの気安い会話に、俺は声をあげて笑う。

「ハハハ、仲が良さそうで何よりだ。ま、嫁さんはいいもんだぞ。話を聞くに、あの戦争に関係した国は今後交流とか増やすようだし、今なら嫁さん、探し時なんじゃないか？」

「うむ、ウチの国にも見合いをしないか、という話が来ている。お前達、任務が終わって国に帰ったら、存分に見合いをさせてやるから、それまで我慢しておけ」

船長の言葉に、軍人の諸君らが歓声をあげる。

「そうそう、俺は魔族の旦那《だんな》の話を聞きたいですねぇ。よくまあ、あれだけ綺麗な嫁さんをいっぱいゲット出来たものですよ。お嬢さん方も賢くて礼儀正しくて可愛《かわい》いですし。是非、その辺りの秘《ひ》訣《けつ》をお聞きしたく」

そう、彼らの中の一人が俺へと問いかける。

「おう、ウチの子ら、最強だろう？　大事なのは、相手に本気で当たることだと思うぜ。つっても、俺の場合はほとんど成り行きだからなぁ。出会い方、っつーのも、やっぱり重要なのかもな」

そうして俺は、男だらけのむさ苦しい場で、談笑しながら過ごす。

いつもは、嫁さん達女性陣とずっと一緒にいるが……たまには、こういうのもいいもんだ。

閑話三　その頃《ころ》のリル

――ユキ達が、飛行船の旅を満喫している頃。

リルことモフリルは、四匹のペット達と共に、魔境の森の一角でのんびりしていた。

「……クゥ」

ぶっちゃけ、暇だった。

部下の四匹と共に、侵入した魔物の排除は日課として行っているが……普段無茶ぶりをしてくる主《あるじ》とその家族がいないと、何だか少し、寂しい感じがある。

他の四匹達も、どことなく暇な様子で、手持《ても》ち無沙汰《ぶさた》にふざけているのがわかる。

いたらいたで騒がしく、いなかったらいなかったで寂寥《せきりょう》感があるとは、何とも困った主達である――なんてことを思い、彼が苦笑していた時だった。

「ク、クゥン！」

一匹の狼《おおかみ》が、大分怯えた様子ながらも、何か言いたげに彼らの下へと走ってくる。

その狼は野生の魔物だが、リルを群れの主とする魔物の集団の中の一匹である。

ユキが、『西エリア』と呼ぶ地域以外の魔境の森に住む、狼系の魔物は現在、ほぼ全《すべ》てがリルを群れの主として認識していたりする。

他にも、攻撃性が薄くそれなりの知能を有する魔物は、生存競争を勝ち抜くためにリルを筆頭として形成されている魔物の軍勢に参加しており、実はすでに一大勢力が出来上がっていた。

リルからすれば別に配下にした覚えもないし、勝手に付いて来られているだけなのだが、慕ってくる相手を無下にすることも出来ず、そのまま放置した結果なし崩し的に群れができてしまったのである。

何故《なぜ》こうなったのかと頭を抱えたい思いでありながらも、結局面倒を見てしまっている辺り、やはり苦労性の狼であった。

「……グルゥ？」

どうした、と問いかけると、その狼はユキが生み出した魔物達程明瞭《めいりよう》な意思表示ではないが、原始的な幾つかの鳴き声で用件を伝える。

——怪我《けが》をした人間達を発見した、と。

リルと四匹のペット達は、基本的にヒト種を襲わない。

主がそのように言いつけているから、というのもあるが、単純に主達の同種と戦うことに忌避感があるのだ。

向こうが襲ってくるのならばその限りではないのだが、遭遇しても基本的に追い払うだけで済ませており、それを知っている彼の群れの魔物達もまた、ヒト種はスルーで済ませるようになっていた。

それなりの知能を有するからこそ、自分達の群れのボスがヒト種と仲が良いということを理解し、その機嫌を損ねないような行動も出来る彼らだったのだが、だからこそ怪我をして動けない人間達を見て、「どうせ放っといたら死ぬし……」「いやけど、主が親しいヒト種だから……」と襲っていいのかどうか困ってしまい、故に判断を仰ぎにやって来たのだ。

リル達が怪我をしたヒト種などを発見した場合は、周囲の魔物を追い払ってから、主であるユキへと連絡するのだが……今は、彼がいない。

リルは少し悩んでから、とりあえずそこまでの案内をと、鳴き声をあげた。

◇　◇　◇

「ヒッ……」

「くっ……お嬢様、決して私の後ろから出ないでください‼」

彼が到着した時、そこにいたのは、少し小綺麗《こぎれい》な恰好《かっこう》をした少女と、確か『キシ』などと呼ばれる、鎧《よろい》を身に纏《まと》った女だった。

その二人の人間の周囲を、狼系の魔物達が囲っており、大分困った顔をしているのが見える。

……どうやら、向こうは思い切りこちらに敵意を向けているが、襲ってはいけないという状況に、困惑しているようだ。

とりあえず理性的に対応してくれたことを評価し、リルは周囲を労《いたわ》ってから「下がっていい」という意思を伝えると、包囲していた魔物達が離れ、リルの後ろに控える。

「……！　なるほど、この群れの主か！　コイツを倒せば、この局面を切り抜けられるか……!?」

剣をこちらに向け、何だか勝手に戦意を滾《たぎ》らせる女のキシだったが、リルは気にせずその場に腰を下ろす。

「グルゥ」

そして、まあとりあえず落ち着けと、尻尾でパシパシと地面を叩《たた》き、相手側にも座るよう促す。

「……な、何だ？　襲ってこないのか……？」

「……あ、あの、ラヨンさん。多分その狼さん、話をしようって言っているんじゃないかなってて……」

「グルゥ」

その通り、という意思を伝えるべくコクコクと首を縦に振ると、女のキシは驚愕《きょうがく》の表情を浮かべてから、しばし何事かを考えるような素振りを見せた後、ゆっくりとその場に腰を下ろす。

ただ、剣だけはいつでも抜き放てるようにしているのか、柄《つか》から手を放していない。

まあ、リルからすれば刹那《せつな》の間に殺せる相手なので、実際のところ相手が武器を握っていようがいまいが、脅威の度合いとしてはほぼ変わらないのだが。

――どうも見る限り、彼女らは何かしらに追われてこの森までやって来てしまったようだ。

服の至るところが破れ、手足に細かい傷があり、全身がかなり汚れている。

また、少女の方は足を挫《くじ》いたのか、かなり赤く腫《は》れている。

あれは……恐らく、ヒビが入っていることだろう。

どこかへ行く途中で、魔物に追われ逃げてきたのか。

それとも、ヒト種同士の争いに敗れ逃げてきたのか。

いや、どうであるにしろ自分達には関係のない話か、と判断したリルは、一緒に付いて来ていた四匹のペット達の一匹、ウンディーネのセイミを呼ぶと、少女の怪我を治すように伝える。

回復魔法が使えるセイミは、のんびりとした様子で頷くと、その水色の身体《からだ》の内部に少女の足を取り込む。

「えっ、あっ……！」

「ッ、やはり魔物は魔物か⁉　このッ――」

そう、激高して立ち上がる女のキシだったが……それを止めたのは、人間の少女だった。

「ま、待ってください！　この子……多分、私を回復してくれてます！」

「なっ……ま、魔物が回復魔法だと⁉」

いちいち相手をするのも面倒なので、リルは驚く二人を無視して落ちていた枝を口で咥《くわ》えると、ユキから教わっていた言葉を、地面に彫る。

ダンジョンの魔物である恩恵か、リルは普通に主達の言葉を聞いて理解出来るため、ヒト種の文字も実は割と覚えているのだ。

「むっ……『ニンゲン、アラソイ、メンドウ』――って、これは、ヒト種の言葉か⁉」

「こ、この狼さん、言葉が使えるんですか……⁉」

リルは、さらに地面に文字を彫る。

「『チカク、マチ、アル。フタリ、オクル』……そ、そうか、かたじけない。馬車を走らせていた途中、魔物に襲われてこの森に入り込んでしまい、仲間も死に――って、通じているのかどうかはわからんが……」

リルは「通じている」と示すためにコクリと頷《うなず》き、デカヘビのオロチを呼ぶと、二人を乗せるよう伝える。

オロチは素直に言うことを聞き、二人の前にシュルシュルと動いて向かい、「シュウウウ」と鳴いて胴に乗るよう促す。

足の治療が完了した少女と、女のキシは戸惑った様子を見せたが……やがておずおずと、その滑らかな背中に乗った。

二人がオロチの背中に乗ったのを確認したリルは、何度か行ったことのある辺境の街アルフィーロへと向かって、配下達を全員引き連れて走り出す。

「わっ、は、速い！」

「お、思った以上に怖いな、これは……!?」

彼らの集団に、戦いを挑もうなどという無謀な者は皆無であり、本能が命ずるままに周辺の魔物達は全てが逃げ出していき、一時間程で目的地付近へと辿《たど》り着《つ》く。

「グルゥ」

「あ、ありがとう……」

「ありがとうございます、狼さん！」

そうして人間達を街近くに送り届けたリルは、配下達と共に再度魔境の森の中へと戻っていった。

残された二人——貴族の子女とその護衛の女騎士である二人は、去って行った彼らの後ろ姿を見ながら、言葉を交わす。

「……魔境の森に手出しするな、というお達しが出ているのは聞いていましたが……もしかすると国のトップ陣は、あの森に住む狼《おおかみ》のことを知っていたのかもしれませんね」

「狼さんが守っているから、変に手出しをして刺激しないように、と……？」

「ええ。魔王が住んでいる、龍族の軍勢が潜んでいる、などと様々な噂《うわさ》がある魔境の森ですが……」

「……どちらにしろ、私達はあの優しい狼さんに感謝しないといけませんね」

「そのようです。私は、主を死なせるという、騎士にとって最も恥ずべきことを、あの狼によって避けられたのですから」

護衛の彼女は、騎士がする最上級の礼を森に向かってすると、自らの主である少女を連れ目の前にある街へと向かったのだった。

——それから、無事に帰還した彼女らは、その生還を盛大に祝われながら、魔境の森で出会った不思議な狼の話をする。

それを聞いた者達は「そんなことがある訳がない」「いや実際にあの森から生還しているから、嘘《うそ》じゃないのでは」と様々な噂をし、人から人へと伝わっていき、いつしかそれは、吟遊詩人により『狼の王』という題材として語られるようになっていった。

リルは、百鬼夜行の主として、ヒト種の間で着実に伝説を刻んでいたのだった——。

第四章　観光

羊角の一族の里に着いた翌日。

ユキとネルが、飛行船で王都へと向かったのを見届けた後、里に残ったレフィ達は、一日の予定を話し合っていた。

「さて……魔王様とネルは数日いらっしゃいませんが、どこに行きましょうかー？」

「レイラお姉様、やっぱり観光客用の施設に案内するのがいいと思うですー　あそこは、いっぱい面白いところがあるですから！」

そう声をあげるのは、ダンジョンの住人達と共にいた、レイラの妹分である少女エミュー。

レイラとエミューは昨夜の内に再会し、存分に語らった後であった。

「へぇ、エミューちゃん、そこはそんなに面白いとこなの？」

「たのしいとこー？」

「……わくわく」

「そうです！　わくわくがいっぱいなのです！　みんなもきっと、気に入るです！」

ダンジョンの幼女組とエミューが、親しい様子で言葉を交わす。

彼女らは、エン以外出会ってからまだ一時間も経《た》っていないような間柄だったが、子供らしく爆速で、すでに仲良くなっていた。

「うむ、ならばそこを回るとしよう。ユキとネルはおらんが、どうせあの二人は、後ででーとがてら回るじゃろうからな」

「あはは、間違いないっすねぇ。ご主人、そういうところ抜かりないっすから。ウチらはウチらで、楽しむとするっす」

彼女らの言葉に、レイラはコクリと頷く。

「わかりました、では……まずは、標本類の保存施設に行くとしましょうかー」

そうして彼女らが向かったのは、里の内部にある一つの大きな建物。

レイラとエミューから里の話を聞きつつ、その中へと入り――と、すぐにソレが彼女らの視界に入る。

「！　うわぁ、すっごい！　おっきな骨だ！」

「おお～、たべられちゃいそウ！」

「……ん。絶対強い」

そこにあったのは、何かの魔物のものらしい、巨大な骨の一組だった。

置かれているのはそれだけではなく、数多《あまた》の標本があることが入り口から見ただけでもよくわかり、さらにその生物が実際にいた環境を模しているらしく、山のようなセットや森のようなセット、川の流れまでもが建物内部に再現されていた。

そう、そこは、ユキならば『博物館』と呼んだであろう施設であった。

「へへん、ここは羊角の一族が、観光客から金を巻き上げるために用意した施設なのです！　何十年も掛けて更新され続けてるですよ！」

「エミュー、巻き上げる、では言葉が悪いですよー？」

「うっ……気持ち良くお金を落としてもらうための施設なのです！」

「はい、よく出来ましたー」

「いや、どちらも同じようなもんじゃと思うが……」

「……今までは、レイラがとりわけそうなのかと思ってたっすけど、あれっすね。羊角の一族全体が、割と強《したた》かな感じなんすね」

「女ばかりの一族ですからねー、それはもう、強かに行きませんとー」

思わず苦笑を溢《こぼ》すレフィとリューに、ニコニコと笑みを溢すレイラ。

「ねーねー、それより早く中に行こうよ！」

「わかったわかった、イルーナ。レイラ、入館料は幾らなんじゃ？　魔界の貨幣を、ユキからそれなりに渡されておるから、足りるとは思うが……」

「いえ、私とエミューがいるので、お金は大丈夫ですよー。幾つか関わった研究物がありましてー」

「お姉様は、いっぱい綺麗《きれい》な標本を造って納入しているので、永久にタダなのです！　ウチも、それを幾つか手伝ったです！」

「へぇ～！　すごいんだね！」

「このなかに、レイラおねえちゃんとエミューがつくったのが、あるんだね？　みたーい！」

「……見たーい」

「そうか、それなら助かるの。うむ、お主らの造ったものは確かに気になるな」

「レイラ、そんなことも出来るんすねぇ……ウチ、レイラの専門は魔術とかの、もっと理論系のものかと思ってたっす」

「えぇ、机上での研究が専門ではありますが……何と言うか、少し興味を抱いた時期に、手を出したことがありましてー」

「なるほど、いつものっすね」

そんな会話を交わしながら、彼女らは館内を進み始める。

こちらの世界では最先端と言えるであろう展示に、観光客らしく感嘆の声を漏らし、目を輝かせる。

「ここにあるのは、現在では絶滅したと思われる魔物の骨や、希少な生物の標本ばかりで、研究が一段落しているものが置かれているのですよー」

「よくアンデッド化させずにおれるものじゃな?」

「それは、施設を囲うように結界が張られてまして、負の魔力は一切湧《わ》かないようになっているんですよー」

「……確かに、アンデッド化のことを考えるとちょっと怖いっすね。――って、あれ？　この魔物、ウチで食べたことなかったっすか？」

「あ、おにいちゃんが、エンちゃんとペット達と狩ってきた魔物さんだね！」

「おいしかったね～」

「……ん。美味だった」

彼女らの会話に、エミューは固まる。

「か、狩って食べた……？　この魔物、幻と呼ばれる種で、しかも戦災級の強さはあるはずですよ……？」

「あぁ、魔境の森には棲息《せいそく》していましたねー。……こうして故郷に帰ってきて実感しましたが、やはりあそこはおかしいですよー」

「まあ、それは間違いないの。――っと、お。この魔物、二百年前くらいに一度戦ったことがあるの。懐かしいものじゃ」

「……その魔物は大災害級なので、そんな戦えるような魔物じゃないはずですけど、レフィお姉様は、あの覇龍様なんでしたね」

鋭い観察眼を持った羊角の一族であるため、すでにレフィの正体を知っているエミューが、遠い目でそう言う。

ちなみに、若干怖がりながらも好奇心を隠さず、レフィに話し掛けた羊角の一族の者は、実はすでに結構な数がいた。

「フフ、エミュー、この人達を相手にしていると、大概のことじゃ驚かなくなりますよー」

「お主は、元からあんまり物怖《ものお》じしない性格じゃと思うがのう……」

そう、ワイワイと話しながら、彼女らは観光を楽しむ――。

◇　◇　◇

魔界王都、『レージギヘッグ』。

レイラの里を一時離れ、飛行船でそこへと辿《たど》り着《つ》いた俺とネルは、魔界王との再会を果たしていた。

「やあ、ユキ君、勇者ちゃん。少し前以来だね」

魔界の王城にある謁見の間の一つにて、いつものにこやかな笑顔で声を掛けてくる、魔界王フィナル。

「おう、魔界王。相変わらず腹黒そうだな」

「ちょ、ちょっと、おにーさん」

「フフフ、僕はいつでも僕さ。君も王の仲間入りをした訳だし、腹芸を覚えるといい」

俺の憎まれ口に、ネルが焦ったような声を漏らすが、逆に魔界王は憎らしい笑みのまま、そんな言葉を返してくる。

コイツとの関係性は、こんなものだ。

色々と世話になっていることは確かだし、友人と言える男ではあるだろうが、敬意を持っては話してやらないのである。

「君達が来ることは聞いていたけれど、まさか飛行船と一緒に来るとはね。どうだった、あの船？」

「あぁ、楽しかったよ。空路はやっぱ、速いから最高だな」

「すみません、お手元に届く前に、僕達が乗っちゃって……」

ちょっと申し訳なさそうな顔をするネルに、フィナルは笑って答える。

「ハハハ、いやいや、それくらいで文句を言う程、狭量なつもりはないよ。輸送船として使うつもりだしね」

「そう言ってもらえると助かるよ。今後、こっちでも飛行船を開発するつもりなのか？」

「そうだね、あの戦争で飛行船というものの優位性は知れ渡った。飛ぶ種族が強いことは昔から知られていたけれど、人間が新たな飛行手段を得たことで、技術競争は新たな次元に入るだろう。いやぁ、肉体に優位がないからこそ頭脳を働かせる人間は、やはり強い。あの戦争で繋《つな》がりを強化出来て良かった」

そりゃ、同感だ。

人間の肉体は脆《もろ》い。故に、生き延びるために知恵を働かせる。

前世でも、そうして人間は世界の支配者となったのだ。

ちなみに、飛行船の船長及び乗組員達は、ここにはいない。

彼らは現在、魔界の技術者達へと飛行船を絶賛売り込み中であり、恐らく操船方法を説明したりしているんじゃないだろうか。

この魔界王都で彼らとは別れることになっているので、後で礼をしに行かないとな。

楽しそうな様子の魔界王は、ふと思い出したかのように言葉を続ける。

「そうそう、ユキ君。君に会わせたい人がいるんだ」

「会わせたい人？」

魔界王は腹黒い笑みを浮かべ、「来てくれ」と部屋の外に声を掛けると、扉を開けて一人の男が中に入ってくる。

ソイツは、俺もよく見覚えのある者であり――。

「なっ――こ、皇帝か⁉」

「えっ……皇帝？」

「久しいな、魔王。よくやってくれているようで何よりだ」

入ってきたのは、ローガルド帝国前皇帝――シェンドラ＝ガンドル＝ローガルド。

よくわかってなさそうな顔をするネルの隣で、俺は呆気《あっけ》に取られながら口を開く。

「あ、アンタ、死んだんじゃ……」

彼は、今後の禍根を絶つために、処刑されたと聞いている。

思うところがなかったと言えば嘘《うそ》になるが、実際戦争を起こしたのはこの男なので、それも仕方のないことかと思っていたのだが……。

「フッ、あぁ。今の私はもう死人だ。皇帝シェンドラ＝ガンドル＝ローガルドではなく、ただの魔界王直下の研究者、『シェン』。私が知る限りの知識を提供する代わりに、自由に研究することを許されてな。全く、強欲な男だ」

「いやいや、シェン君の売り込みもなかなかのものだったよ。ま、君の研究室を見て、その才能を潰《つぶ》すのはあまりにも惜しいから、こちらの条件を呑《の》むなら研究に従事してもらおうとは、元々思っていたけれども」

腹黒同士、何やら馬が合っているらしく、ニヤリと笑い合う二人。

……どうやら、何かしらの条件を交わすことで、前皇帝を助命することに決めたらしい。

「……そうか。そっちで納得し合ってるんなら、俺は何も言わないが。アンタも、良かったな」

「あぁ、統治などという面倒な仕事を他人に任せ、好きなことを好きにやって生きられるというのは、素晴らしい。やはり私は、根っからの研究者であったようだ」

以前よりも大分生き生きとした顔で、そう話す前皇帝。

なんか、すげー幸せそうである。

「……アンタ、面倒な仕事を任せた相手に、よく言えたもんだな？」

「あぁ、相応《ふさわ》しい者に相応しい仕事を任せた訳だ。適材適所は良いことだろう？」

口端を吊《つ》り上《あ》げながら、彼はしれっとそう答える。

……全く、『王』として君臨してるヤツは、どいつもこいつも図太いこって。

この男はもう皇帝じゃないが、やはりそれを務めていただけはあるようだ。

俺が苦笑していると、前皇帝シェンドラ——いや、シェンは言葉を続ける。

「それより魔王。私は今、ダンジョンに関する研究をしていてな。お前とも少し、その話がしたいと思っていたのだ」

「！　へぇ……そりゃ、俺も興味あるな」

ダンジョンの、謎。

俺は魔王でありながら、ダンジョンに関して言うと、わからないことばかりである。

この男もきっと、皇帝でありながら魔王であった身として、その謎に疑問を覚えていたのだろう。

すると、シェンは研究者らしい顔で俺に問い掛ける。

「魔王、ダンジョンとは何だと思う？」

「……難しい質問だな。俺達とは違う生態をした、一種の生物だって俺は認識してるが」

「あぁ、それはそうだな。私も魔王としての権限を得た時、ダンジョンからはそういう意識が流れ込んできた。恐らくだが……我々よりも、一つ位階が上の生物なのだろう」

位階が上、ね。

確かに、そうとも言えるのかもしれない。

ダンジョンが持つ力は強大だ。それこそ、世界と生物を創造することも可能となるくらいには。

俺達が知る『生物』というものとは、また一つ違ったものであることは間違いないだろう。

「ダンジョンは、その管理者である魔王が自然と支配領域を広げるように働きかけるが、生存競争を勝ち抜くために自身を強化するのは、生物としては当たり前のこと。こういった点では、我々がよく知る生物的な生態をしていると言えるだろう」

「あぁ。魔王を強化し、共生することで生き延びる道を選んだ訳だろ？」

頷《うなず》く、前皇帝。

「そういうことだ。ただ……私はずっと、ダンジョンというものに対して思っていたことが、一つある」

　彼はそう前置きをし、そして言ったのだった。

「思うに――この世界は、全てが一つのダンジョンなのではないか？」

「……この世界が、ダンジョン？」

　シェンは「あくまで仮説だ」と前置きをしてから、言葉を続ける。

「ダンジョンは、階層を生み出し、魔物を生成することが可能だ。何をそうと定義するかは、宗教ごとに異なるため私とお前との認識が同じかはわからないが……それが、『神』と呼ぶべき所業であることは間違いないだろう」

　――神、ね。

「……正直に言うと、前に俺も、同じようなことを考えたよ。ダンジョンに力を与えられた魔王は、定義として言えば神に当たるんじゃないかって」

「そうか、やはり同じことを考えたか。――話を続けよう。であれば、つまりこの世界を創造し、生物を創造した者は、我々が『魔王』と呼んでいるものと同等であると私は思ったのだ。両者は等しい権能を持っており、規模に大きな差はあれど、行われていることは同じである、と」

　なるほど……あくまで定義として考えた場合、ということか。

「……そうだな。ある一面から見れば、そういうことになるか。……面白いもんだな、世界の嫌われ者であるソレらが、考え方によっては神と同じものだってのは」

「フッ、同感だ。まあ、恐らくそれは、ダンジョンの発生条件によるものであろうな。魔素の濃い地域でしかダンジョンは生まれることが出来ず、そしてそういう地域に棲息するのは理性無き魔物がほとんどだ。当然、生まれる魔王も本能を剥《む》き出《だ》しにした者が多くなる。お前のような者の方が、圧倒的に例外なのであろう」

「それに関して一つ気になるんだが……ローガルド帝国初代皇帝は、何で魔王になったんだ？　魔素の濃い地域に住んでたのか？」

ローガルド帝国は、魔境の森のように、大自然が広がった地域ではない。

俺は魔素が濃いか薄いかを判別出来る程鋭くないので、もしかするとダンジョンが生み出される程それが濃い地域なのかもしれないが……わざわざそんなところに国を建てたのだろうか？

「うむ、記録によると、ローガルド帝国が建国されたのは、深い森の中であったそうだな。そこから森を切り開き、魔物を駆逐し、人の里を作ったと記録が残っている。恐らくダンジョンの力を用いて、帝国建国まで辿り着いたのだろう。現在は魔素も薄くなっているが、故に昔は濃かったのであろうな」

へぇ、そりゃすごい。

つまり、魔境の森で国を興すようなものだ。

とてもじゃないが、それが成功するとは思えないのだが……しかしその初代皇帝は、見事それを成し遂げた、と。

「もう一つ聞きたい。ダンジョンコアが、どう出現したのかはわかるか？」

「あぁ、初代皇帝が数人の仲間と共に森にいた際、突如そこに玉座の間が生まれ、ダンジョンコアが現れたそうだ。本当に、何の脈絡もなく、突然」

彼のその言葉に、俺はピク、と反応する。

「……実は俺、以前に別の魔王を討伐したことがあるんだが、その時に思ったんだ。ダンジョンコアの出現の仕方が、随分と意図的に見えるって」

あのノーライフキングの魔王は、船で海に流され、漂流していたところにダンジョンコアがピンポイントで現れた、と日記に残していた。

ローガルド帝国初代皇帝も同じ形であり、さらに俺なんて、わざわざ異世界から召喚されてこの世界で生きている。

偶然にしては、出来過ぎではないだろうか。

そして――この世界に存在している、ステータスに表示される『称号』というもの。

実は俺には、ローガルド帝国皇帝に就任してから、『魔帝』という称号が新たに増えている。

この称号というシステムを見れば、俺達よりも上位に、何か意思か、それに準ずるものが存在することは疑うべくもない。

「ほう……私もまた、魔界にて幾つか『魔王』に関する文献を読んだのだが、偶然にしては出来過ぎているような出現例は、やはりあるようだな。つい最近読んだものでは、滅んだ村落跡にダンジョンが発生し、恨みを持ったレイスが魔王となってしまい、大きな被害が出た、などという記録があった」

　他にも同じような例があると。

「……つっても、この世界が丸ごとダンジョンであると結論付けるには、今の話だけじゃちょっと飛躍じゃないか？」

「それは否定せん。今のは根拠がある話ではない。だが、『ダンジョン』というものと、我々が生きるこの世界は、随分と似通っているように思うのだ。少なくとも、ダンジョンは我々のような、ただの一介の生物ではない。間違いなく、我々より上位の法則に則《のっと》って存在している」

　彼は、酷《ひど》く真剣な顔で、言った。

「私は神学者ではないが……神を解き明かすならば、ダンジョンの研究をすることが最も近道であるように思えてならないのだ」

　……今のは、全てがただの憶測だ。

　言葉遊びと言っても良い類のものであり、確たる論理がある訳でもない。

　だが――ただ感覚として、その時俺は、彼の言葉が間違っていないのだろうと思っていた。

　恐らく、『神』はいるのだ。

　ダンジョンの、その先に。

「……あー、君達。話としては面白かったが、一応今、謁見《えっけん》中なんだよね」

　と、ちょっと困ったような笑みで、魔界王がそう口を開く。

「む、そうだったな。すまぬ、やはり思考することは楽しく、夢中になってしまう。――魔王よ。

今の私は、他者と敵対する必要のない、ただの研究者だ。気が向いたら、その内私の研究室に遊びに来い。私も、ダンジョンに関する考察をさらに深めておこう」

「……あぁ。そうさせてもらうよ。せっかく拾った命だ、大事にしろよ」

「フッ、そうだな。ま、もう私は何かを率いるつもりなどサラサラない、好きに生きるさ」

俺は彼と、握手を交わした。

◇　◇　◇

その後、ネルが国から任されていた仕事を終えた後、魔界城を出て魔界王都の街並みを歩く。

「……何だか、面白い人だったたね、前皇帝さん。話に聞いていたのと全然違って、憎めない感じがあって……」

「あぁ。あの男は、何事にも全力で当たっているからこそ、ただの善悪じゃあ語れないところにいるんだろうな」

奴《やつ》は、戦争を起こし、数多《あまた》の死者を出した戦争犯罪者だ。

だが、別に悪人ではない。

そういうことである。

その責任は負うべきかもしれないが、魔界王がすでにいくつかの条件を付けているようだし、ならばもう部外者がどうこう言うべきではないだろう。

そりゃあ、あの戦争で亡くなった者の親族とかなら、「死刑にするべきだ！」などと言ってても真っ当な主張であろうが、俺自身はヤツに恨みはない。

そこから先は、俺とは関係のない話だ。

「……なんか今、昔におにーさんと出会った時のことを思い出したよ」

「お、まだお前が、なんか青臭かった頃《ころ》の話か？」

「フフ、うん、まだバカでどうしようもない『駒《こま》』だった時の僕。……その頃からは、ちょっとは成長出来たかな？」

「ちょっとどころなもんか。お前の図太くなった神経には、そりゃあもう誰《だれ》も敵《かな》わないさ」

「あー、ひどーい！」

そう言って俺達は、笑い合う。

——自然と手を繋《つな》ぎ、指を絡める。

早いところレイラの里に戻りたいが、流石《さすが》に今から行こうとすれば夜通し移動するハメになるし、そもそも馬車も出ていないので、今日はネルと二人で魔界に泊まることになる。

宿は、魔界王が気を利かせて取ってくれたらしく、ヤツや高級官僚が利用するようなホテルだ。

嬉《うれ》しいね、しっかり堪能《たんのう》させてもらおう。

飛行船の船長さん方も今日は大変だろうし、明日早めに挨拶《あいさつ》して、そして魔界王都を後にするとしよう。

「さ、お前と二人きりになるのは久しぶり——でもないかもしれんが、今は我々だけしかいないので、是非ともこの時間を楽しむとしよう」

俺の言葉に、ネルは嬉しそうにニコニコと笑みを浮かべる。

「そうだね。みんなには悪いけど、今だけはおにーさんを独占させてもらおっかな。……何だか、ここに来ると色々思い出しちゃうなぁ。おにーさんとのこと」

「魔界でも色々あったかんなぁ。お前も、こうして堂々と歩けるようになってる辺りに、時の流れを感じるぜ」

「前は物騒だったもんねぇ。だから、こうしておにーさんと一緒に歩けるのが、とっても嬉しいよ」

「あぁ……俺もだ」

そう、俺達はくっ付いたまま、魔界王都の夜に消えていく――。

◇　◇　◇

羊角の一族の里に残っていた、ユキとネル以外のダンジョン組。

彼女らは、幾つもの研究施設を回り、外向けの簡単な授業を受けたり、里の料理を堪能したりと、旅行を十二分に満喫していた。

羊角の一族は、好奇心が全《すべ》ての物事の中心に位置している。

故に彼女らは、一つ一つを深くまで掘り下げていき、探究していくため、妥協が存在していないのである。

学問は勿論《もちろん》のこと、建物の建築方式、料理の味、ホテルの調度、それ以外にも様々な面で好奇心の発露の結果が現れており、それが里の外の者にとって物珍しく、多くの観光客が訪れる理由であった。

「……この里で、レイラみたいな子が生まれたっていうのも、納得っすねぇ。と言っても、レイラは羊角の一族の中ですら、とりわけ好奇心が強いらしいっすけど」

リューの言葉の次に、レフィが続ける。

「カカ、レイラ程の者が何人もおったら、この里は破綻《はたん》しそうじゃしな」

「あら、酷いですねー、レフィ。私自身、好奇心が強いことは認めますが、やるべきことはちゃんとやりますよー？」

「それは知っておるがな。現に儂《わし》らの中じゃあ、最もしっかりしておるのはお主じゃろうし。しかし、里の運営とかを仮に任されたら、逃げるじゃろう、お主？」

「ええ、まあ、恐らくその時はそうするでしょうがー。けれど、それは私じゃなくても皆さんそうじゃないですかー？　レフィだって、『龍王《りゅうおう》』を任されそうになって逃げたって話ですし、リューも家出してますしー」

「む、そうじゃな。そう考えると、やはり儂らには似たところがあるのかもしれんの。各々が好きに生きようと里を抜けた訳じゃ」

「そうっすね……それでウチは、実際好きに生きることが出来るようになったっすから。ネルやレフィ、みんなに出会えて、ご主人に出会えて」

「……はい、私も、皆さんと、そして魔王様と出会えて、そのおかげで自由に生きることを知ったのは確かですねー」

「カカ、うむ。あの男を見ておれば、好きに生きるということが何たるかを、嫌でも知れるからの。きっとネルもそうじゃろう」

「あはは、間違いないっすね。ご主人と一緒にいれば、その楽しさはもうすんごいよくわかるっすからねぇ」

大人達がそう会話を交わし、顔を見合わせて笑う横で、しっかりと里を堪能している幼女達がそれぞれ口を開く。

「羊角のみんなのお里、すごいねー！　面白いものいっぱいで、他では見たことないものいっぱいで！　おにいちゃんのダンジョンもすごいけど、こっちもいっぱいすごい！」

「みたことないものいっぱいで、すごいがいっぱイ！」

「……ん。とても面白い」

三人の言葉の後に、彼女らの周りをフワフワと飛んでいるレイス娘達が、自分達も同じ感想だと示すために、何度もうんうんと頷《うなず》く。

そんな彼女らへと言葉を返すのは、レイラの妹分である幼女、エミュー。

「あなた達の方も、大分すごいですけどね……こっちからすれば、シィちゃんとか、エンちゃんとか、レイちゃんルイちゃんローちゃんとかの方が、よっぽど不思議です。いったいどういう生態をしているのか……」

「迷宮はすごいですよー。彼女らは、魔王様が迷宮の力を用いて生み出したそうですー。私達が知っている摂理とは、大きくかけ離れた力が存在しているのは間違いないですねー。誰もが知らぬ未知……良い響きですー」

ニコニコとしながらも、瞳《ひとみ》を爛々《らんらん》と輝かせ、妹分に話して聞かせるレイラ。

「……レイラお姉様が、この子達のところに長く定住している理由がよくわかるです。好奇心の鬼なのに、ひとところにずっといるのも不思議でしたから……」

「あら、エミュー。確かに迷宮に好奇心がそそられて、という理由はありますが、私自身あの場所が気に入ってはいるのですよー？　皆さん、とても大切な、家族と言えるような方達ですからー」

ニコッと微笑《ほほえ》むレイラに、エミューは少し寂しそうな顔をする。

「……何だか、お姉様が遠くへ行っちゃったみたいで、寂しいです」

その彼女の言葉に応えたのは、レフィだった。

「レイラの妹よ。お主が寂しがることなど何一つない。お主がレイラの妹である以上、儂らにとってもお主は身内みたいなものじゃ。決してお主は、一人ではないんじゃぞ」

「フフ、えぇ、レフィの言う通りですー。私はずっと、あなたの姉ですからー。これからあなたは、その長い人生を掛けて、あなた自身の居心地《いごこち》が良いところを探すのですよー」

「そうだよ、エミューちゃん！　もうわたし達も、お友達だからね！」

「おともだちだよ！」

「……ん。新しい友達」

エンの言葉の次に、レイス娘達がエミューの周りをくるくると飛び、その気持ちを示す。

「……ありがとうです、みんな。わかりました、お姉様みたいになるため、ウチもいっぱい自分を磨いて、好きなところを見つけるです！」

「わたしもいっぱい磨く！」

「シィも！」

「……エンも！」

「ではでは、みんなで一緒に自分磨きを頑張るです！　頑張りましょう！」

『おー！』

幼女達が元気良く拳《こぶし》を突き上げ、その様子に大人組は相好を崩し――。

「む……？」

トクンと、何かが自身の中で脈打った気がして、レフィは自らの腹部に触れる。

それが何かわからず、首を捻《ひね》り――だが、少しして思い至ったレフィは、ハッとしたような表情を浮かべ、そしてレイラへとこっそり耳打ちする。

「……レイラ、医者はおるか？」

「……はい、ご案内しますー。レフィ、どこか具合が悪いのでー？」

「いや……そういう訳ではない。ただ、少し、自身の体調を見ておこうと思うての」

内から溢《あふ》れ出る嬉しさを堪《こら》え切れないような、それでいてどことなく優しさを感じさせるレフィの様子に、レイラは不思議そうな顔をしたのだった。

◇　◇　◇

魔界王都にて諸々《もろもろ》の用事を終え、エルレーン協商連合の軍人諸君に心からの礼を言って、幾つかの贈り物をしてから別れた後、俺とネルは羊角の一族の里へと戻って来ていた。

皆が宿泊している宿に帰ると、夕方の時間だったからか、我が家の面々はちょうど皆部屋に戻っており、俺達を出迎える。

「あ、おかえりー！」

「オかえりー！」

「……待ってた」

「うむ、おかえり、二人とも」

「おかえりっすー！　ちょうど今から晩ごはんに向かうところだったっすから、タイミングが良かったっすね！」

「すぐに連絡して、二人の分も用意してもらいますねー」

「お、悪い、助かる」

「ありがと、レイラ！」

「――戻ったぞー」

「戻ったよー！」

皆が俺達の帰りに声を掛けてくれ、それからすぐに夕飯を食べに行く準備を――というところで、レフィがちょいちょいと俺の服の裾《すそ》を引っ張り、こそっと俺に耳打ちをする。

「ユキ、話がある。ちょっと良いか？」

「？　あぁ、勿論良いが。どうした？」

俺の反応を窺《うかが》って、ちょっとだけ躊躇《ためら》うような、だが同時に抑え切れない喜びを感じさせるような、両極端な感情を瞳に覗《のぞ》かせるレフィに、俺は不思議に思いながら問い掛ける。

「うむ、まあ……ちょっとな。こちらへ来い」

そうしてレフィに連れられてやって来たのは、周囲に誰《だれ》もいない、二人きりの場所。

そこで二人向き合い、だが我が嫁さんは、それからもしばし言《い》い淀《よど》むように数度口を開けたり閉じたりさせた後、言う。

「……その、そちらの用事はどうなったかの？」

「おう、全部問題なく終わったぜ。世話になった船長さんらにも、しっかり礼を言っておいたし、お礼の品も渡しておいたぞ」

俺が普段使いしている上級ポーションを、二ダースくらい渡したので、礼としては十分だろう。

あんまりばら撒《ま》くのは良くないとは思うものの、彼らには本当に世話になったし、死んでほしくないからな。

この世界の軍人ならば、上級ポーションを使う時はきっとあることだろう。

「こっちはどうだった？」

「こちらの研究所等を幾つか見て回ったのじゃが、中々に面白かったぞ。やはりレイラと同じ一族の者じゃな。他では見られんものが数多《あまた》置いてあって、童女どもも満足してくれたようじゃ」

「へぇ、そりゃ楽しみだな。後でネルと回るか」

「うむ、そうすると良い」

――多分、何か言いたいことがあるのだろう。

焦らず、その後も彼女の話にしばし付き合っていると、我が嫁さんは何かを決心したような表情で、口を開いた。

「……ユキ。聞いてほしいことがある。出来れば、あまり驚かんでほしいんじゃが……」

いつもはズバッと言いたいことを言うレフィは、珍しく口籠《くちごも》りながら、続きを口にする。


「儂は、妊娠したらしい」


彼女の言葉に、俺は一瞬固まってから、聞き返す。

「にん、しん？」

「うむ……少し前に気付いての。この里の医者に診《み》てもらったが、間違いないそうじゃ」

にんしん。

妊娠。

つまりは、俺が、彼女と、子供を生《な》したということ。

その事実が俺の脳みそに浸透していくと同時、ジワジワと、言葉にならない喜びが胸中に湧《わ》き上がってくる。

「はは、そうか……そうか！」

「わっ」

思わず俺は、レフィのことを思い切り抱き締めると、その場でクルクルと回る。

「子供か！　俺らの子供か！」

「こ、こら、苦しいぞ」

「っとと、悪い。これからはお前の体調には気を遣わねーとな。あっ、そ、そうだ、名前を考えなきゃだな！　案としては……いや、待て、えっと、男の子か女の子かは――」

「落ち着かんか、阿呆《あほう》」

「いてっ」

ペシ、と俺の額に軽くデコピンした後、彼女は微笑《ほほえ》みながら言う。

「まだまだ生まれぬから、そう焦るな。龍族は子を宿す期間が長いのじゃ。それに、男女など生まれてからでないとわからんじゃろう」

「むっ……そうか。どれくらい先なんだ？」

「うむ、出産は恐らく、二年程は先になるじゃろう。……いや、今の儂《わし》は身体構造的に、ヒト種の雌とあまり変わらん故、もう少し早い可能性もあるがの。どちらにせよ、もうしばし待て。具体的な期間は、少し経《た》たんと医者にもわからんとのことじゃ。儂らも、本格的に準備をせねばならんじゃろうが、今しばし先の話じゃ」

……そうか。

最長だと、二年は先のことになるのか。

レフィの話を聞いている内に、だんだんと気分が落ち着いていく。

だが、それでも彼女のことは決して放さず、腰に腕を回して抱き締めたまま、俺は問い掛ける。

「……もしかして、お前が龍の姿に戻れなくなったのって……」

レフィは、『人化龍』という称号を得てから、龍の姿に戻れなくなったと言っていた。

それは、もしかすると、彼女の妊娠が契機となったのではないだろうか。

「うむ……儂が妊娠したのがあるのかもしれん。あれ以来、その、な、何度かそういうことはしておったが、たいみんぐ的に見ると、その可能性は高いじゃろう」

「……そうか。悪いな、お前には不便を強いることになるだろうが――」

「何を言う。これは、儂自身の望みじゃ。ただただ、嬉《うれ》しいと思いはせど、面倒だなどと思う訳がなかろう。無論、色々と大変ではあるんじゃろうが……その分お主が、頑張ってくれるのじゃろう？」

ニヤリと、不敵な笑みを浮かべるレフィ。

男前な、芯《しん》の強さを感じさせる笑みで、俺を見る。

「……あぁ、そうだな。死力を尽くして、俺の全《すべ》てを賭《と》して、お前を守ろう」

「カカ、じゃが、お主には生きてもらわねば困る。その覚悟は嬉しいが、儂はお主と共に、我らの子を育てたいと思っておるぞ？」

「あぁ……あぁ、その通りだ。一緒に育てよう。――よし、帰ったら子供部屋を作って、ダンジョンの防衛体制をさらに強化するぞ！」

「まだ先じゃと言うとろうが……」

彼女は一つ苦笑してから、言葉を続ける。

「……ま、そうじゃな、しばし先の話じゃとは言うたが、早めに準備した方が良いか。儂よりも先に、ネルとリューが子を産む可能性もあるでな。確か、ヒト種の妊娠は一年程じゃろう」

「ん、あ、あぁ。可能性として考えれば……そうなることも当然考えられるか」

ネルとは、その……勇者の仕事があるので、そういうことをしてはいないが、リューとはもうしている。

レフィの出産が二年近く先であるのならば、そういうことになる可能性は高いだろう。

「……じゃあ、他はともかくとしても、やっぱり名前だけは今からしっかり考えておかないとな。今の内に、いっぱい悩んでおきてぇ」

「うむ、確かにそうじゃの。……名前か。良い名を考えてやらんとな。子にとって、一生背負うものになる訳じゃから、どれほど考えても考え過ぎということはないじゃろう」

顎《あご》に手をやり、思考する素振りを見せるレフィ。

そんな彼女の姿がどうしようもなく愛《いと》おしくなり、俺はその両頬へと両手を添える。

「レフィ」

「ん……」

俺を見上げるレフィ。

美しい、俺にとって最も大事な存在。

「お前が……どうしようもなく好きだ。言葉じゃ、言い表せないくらいに。本当に……あぁ、もう、自分の言語能力の低さを恨みたいくらいだ」

「カカ、構わん。それだけ言うてもらえれば、十分じゃ。お主の思いは、伝わっとるよ。儂も、同じ思いじゃ。胸中に浮かぶ感情が高まり過ぎて、それを確かな言葉には出来そうもない。お主と共にいて……儂は、本当に幸せじゃ」

彼女もまた俺の胴へと腕を回し、こちらの胸に頭を押し付ける。

二人分の温度――いや、これからは、三人分の温度となるのか。

父と、母と、そして子と。

――俺が父親、か。

無論、不安は多数ある。

俺は自分が優れているなどと、思ったことは一度もない。

テキトーで、自分勝手で、らしくやっているように見えても、自身でそれがまやかしだとわかっている。

ちゃんとした大人に見えるように振舞っていても、それは見せかけだけのものであり、等身大の俺自身は立派とは程遠い男なのだ、と。

だが……それでも、もういいと決めたのだ。

彼女らと共に、支え合って生きようと決めているのだ。

深い、一つの覚悟が、自身の中で固まっていくのを感じる。

――ここからが、男として格好付けなきゃならんところか。

気張って、歯を食いしばって、頑張んねーとな。

この身の、全てを賭して。

もう、永遠にこうして彼女を抱き締めていたい気分だったが……。

「……流石《さすが》に、そろそろ行かねーとか。すぐ飯だったのに、俺達が来ないからって、きっとぶーぶー言って待ってるぞ」

「カカ、そうじゃな。惜しい気持ちはあるが、皆を餓死させる前に戻るとしよう」

キュッと指を絡め、俺達は皆の下へと戻る――。

◇　◇　◇

俺が、レフィの妊娠を知った後。

「えっ……に、妊娠!?」

レフィの報告に、調子外れな声を漏らす、リュー。

「なるほどー……何だかずっと、とても嬉しそうな顔をなさっていると思ったら、ご懐妊なさっていたのですかー。おめでとうございますー！」

「うわー、こ、子供か……！　そっか、僕達ももう、そういうことを考える頃合《ころあ》いになってきたんだね。……そ、その、僕はまだ、外で仕事があるからアレなんだけども……」

レフィの妊娠が判明したのは、つい数日前だったそうだが、羊角の一族の里に残っていたリューやレイラ、幼女達の皆には、どうやらそのことは告げていなかったらしい。

これに関しては、どうしても最初に、俺に話したかったのだそうだ。

その気持ちが嬉しくて、もう何度彼女を抱き締めたことだろうか。

――あの後、皆のところに戻ってワイワイと晩飯を食べ、それから風呂《ふろ》に行く、というタイミングで一旦《いったん》幼女組に先に向かってもらい、大人達には話をするべく、こうして部屋に残ってもらっていた。

イルーナ達には、また折を見て話すことになるだろう。

「そ、その、出産はいつ頃になりそうなんすか？」

「それに関しては、正直まだ何とも言えんの。龍族として言うならば二年程は掛かるはずなんじゃが、今の儂は肉体構造的にはヒト種の雌とあまり変わらん。故に、妊娠期間とてどちらを基に考えれば良いのかわからんのじゃ。それに関しては、今後様子を見ていくしかなかろうな」

「む、そうっすね……考えてみれば、レフィは元々龍族で、人化の術、だったっすか？　それを使ってヒト種の姿を取っているんだったっすね」

「うむ、在り方としては大分異様と言えるじゃろう。色々と出産の知識を学ぶつもりではあるが、儂に関して言うとあまり当てはまらん可能性が高い」

「そうですねー……というか、今更ですがレフィの生態が物凄《ものすご》く気になるところですねー。レフィのみならず、ダンジョンのあの子達にも言えることなのですがー」

「まあ、ウチの子らが、大分謎生態をしているってのは間違いないな」

笑って俺はそう言う。

今後、彼女らがどんな成長の仕方をするのか、今から楽しみだ。

「なら、これからはレフィの体調を気にして生活しないとっすね！　あ、けど、そ、その……ご主人、ウチもいつでも、子供を持つ覚悟は決まってるっすからね！」

「……あぁ。ありがとう」

彼女の言葉に、心の底から嬉しく思っていると、次に悩ましいような声音でネルが口を開く。

「う〜、僕も、子供がほしいのはあるけれど……おにーさん、ごめんね。まだ僕は、仕事があるから……」

「いや、そんな顔しないでくれ。そんなの、全然待つさ。最初から決めてたことだ」

ポンポンと彼女の頭を撫《な》でてそう言うと、レフィがコクリと頷《うなず》いて言葉を続ける。

「うむ、お主は儂らよりも気を遣う性格じゃから言うておくが、そういう面で気後れしてはならんぞ。お主にはお主のぺーすがあり、焦って儂らと合わせようとせんで良い。忘れてはならぬ。儂らは家族であり、共に暮らしておるが、お主の個人の部分は大切にせねばならん」

「そうっすよ！　ネルはただでさえ大変で、ウチらの中でも気遣い屋さんなのに、そういうところまで気にして気負っちゃダメっすからね！」

「……ありがとう、二人とも」

ネルはジワリと目の端に涙を浮かべると、キュッとレフィとリューの肩に腕を回して抱き着き、逆に二人は、笑って彼女の背中に腕を回し、あやすように撫でる。

「フフ、では私はメイドとして、皆さんをこれからも陰ながらお支えさせていただきましょうかー。医学は多少齧《かじ》っていますが、この里にいる間に妊娠、出産に関する知識を幅広く一通り学んでおきますねー」

「カカ、レイラがおれば、百人力じゃな。じゃが、これからは儂らも、各々が百人力とならねば」

「協力していけば、きっと何とかなるっす！　今までもこのみんなで、何とかしてきたっすからね！」

「……ん、そうだね。これからはもっと、互いに協力していかないとね。嫁会議の数も増やそっか」

「うむ、それが良かろう。おっとユキ、儂らが嫁会議をしておる間は、お主は入れてやらんからな。一人寂しく待つが良い」

「了解了解、わかってるって」

わざとらしくシッシッ、といった動作をする彼女に俺は肩を竦《すく》め、そして皆が笑った。

――それから、話が一段落したところで、俺は彼女らへと問う。

「そんで……明日の予定は、何か決まってたりするのか？」

するとと、まずレイラが口を開く。

「あ、魔王様、私の師匠が、少し話をしたいと言っておりましてー。出来れば、共に学術院へと向かっていただきたいのですがー……」

「お、了解。それじゃあ……」

「うむ、では儂らはネルを連れて、適当にレイラの里を巡るとしよう。そちらの用事が終わったら、合流でどうじゃ？」

「オッケー、そうしよう。その間、幼女達は頼むな」

◇　◇　◇

そして、翌日。

俺はレイラと共に、この里の中心に位置する建物――『魔法学術院』へと向かって歩いていた。

里の政《まつりごと》を行う施設ではなく、学び舎《や》が中心にあるというのも、何と言うか、彼女らの種族がどういうものかを表しているようで、なかなか面白いものである。

魔法学術院は、彼女らの叡智《えいち》の全《すべ》てが集められた場所であるため、外向けに造ってある建物と違って基本的に里の者か、里に認められた本当に一部の者しか入ってはいけない決まりになっているそうなのだが……。

「……レイラ、俺、そこに入っていいのか？」

「師匠のお呼びですからねー。私の師匠は、学術院の中で『導師』に位置する最高位の学者の称号を持つ一人であり、しかも里の最高権力者の一人ですから、問題ないですよー」

「へぇ……あの人、そんなにすごい人だったんだな。ちなみにレイラは、この里の学者のランクとしては、どれくらいの位置にいるんだ？」

「私も導師ですねー」

「いや、お前も十分すげーじゃねーか」

「フフ、ありがとうございますー」

クスリと笑うレイラ。

そうして二人で学術院まで辿《たど》り着《つ》くと、その門の前に小柄な人影が立っていることに気が付く。

「来たですね、魔王！　お久しぶりです！」

「お、エミューか」

俺達を出迎えたのは、レイラの妹分、エミュー。

「エミュー、ウチの子達を案内してくれて、いっぱい遊んでくれたって聞いたぞ。ありがとうな」

「フフン、もっと感謝するといいです！　……まあ、あの子達と一緒にいるのはウチもとっても楽しかったですし、研究者としての血も騒ぎましたし……だから、この後も一緒にいてもいいです？」

ちょっと不安そうに聞いてくる彼女に、俺は笑って頷く。

「ハハハ、あぁ、勿論《もちろん》だ。こっちこそ、里にいる間はもっと一緒に遊んでくれると嬉《うれ》しいよ。よろしくな！」

「フフ、エミュー、良かったですねー」

「やったぁ！　えへへ、いっぱい楽しんでもらうんで、任せてほしいです！　――とと、まずはお仕事です！　クソババア師匠が呼んでるんで、こっちに来てほしいです！」

そうして、魔法学術院の中をレイラとエミューと共に進む。

なんつーか……やっぱりファンタジー世界の建物、といった感じで、面白い。

どうやら空間魔法を活用しているようで、中は外から見たよりも一回りも二回りも広い空間となっており、照明代わりらしい光の玉が幾つも浮かんで中を明るく照らしている。

大量の書物が納められた本棚なんかは、もう天井付近まで到達している。

上の方の本とかどう取るのか、なんてことを思っていたら、羊角の一族の女性が何やら下の台座に置かれていた本の一冊を弄《いじ》ると同時、ふわりと本棚が一つ壁から外れ、そのまま緩やかに彼女の隣へと落ちてくる。

……なるほど、届かないのなら、本棚の方を動かすんすね。

――ここまでの道中で気付いたのだが、レイラの里は、女系一族である割にはかなり人口が多いようだ。

元々魔族が長命である、というのもあるのかもしれないが、それでも恐らく千以上……四千程だろうか？　それくらいの数の者達がこの里で暮らしているようだ。

羊角の一族以外の、外からやって来た学者らしき者達が、俺の想像以上に多かったことが理由かもしれない。

きっとここは、研究者にとって憧《あこが》れの里なのだろう。

「すごいな……これがレイラの里の学術院か」

「はい、我が里が誇る、魔界一の学び舎ですよー」

隣を歩くレイラが、ニコニコしながらそう答える。

常にニコニコとしている彼女だが、今日はいつも以上に楽しそうな様子だ。

やはり彼女も、自身の故郷を紹介出来て嬉しいのかもしれない。

「あと、レイラさん……通りを歩く羊角の一族の女性達からの視線を、すんごい感じるんすけど、これはたまたまっすかね？」

「魔王様は、魔王様ですからねー。やっぱり、みんなも気になるんですよー」

「あとはレイラお姉様を連れて歩いている、っていうのもあると思うですよ？　レイラお姉様、この里では有名人ですから」

レイラの次に、エミューがそう話す。

「そうなのか？」

「もう、すごかったですから。色んな人のところに行って、相手が疲労困憊《こんぱい》するまで質問攻めにして、満足したら他の学者さんのところに行ってって感じで。まさに知識の虜《とりこ》です」

「うふふ、若気の至りですー」

「……ぶっちゃけ、今もあんまり変わってないと思うが」

「いやぁ……ウチはずっとお姉様と一緒にいたから知ってるけども、今は大分マシになったと思うです」

「これでマシなのか……？」

それならいったい、どれだけやべぇ感じだったんだ、昔は？

「酷《ひど》いですよー、二人とも。私はただ、純真に知識を求めているだけですのに……」

およよ、とふざけて泣き真似《まね》をするレイラ。

「レイラ、純真さってのは、時に残酷なもんなんだぜ」

「では、これからは腹黒く行きましょうかー」

「あー……レイラが腹黒くなったらもう俺、どうしようもなくなりそうだから、今のままでいいぞ。今のままのレイラが好きだ」

「あら、嬉しいお言葉ですねー。後で皆さんに自慢してもいいですかー？」

「レイラお前、本当に遠慮がなくなってきたよな」

「遠慮が欲しいですかー？」

「いいや、つい今しがたも言ったが、今のままでいいさ」

笑って、そんな軽口を交わしていると、エミューは目をパチクリとさせる。

「……レイラお姉様のそういう姿、初めて見ました」

「ふふ……少し恥ずかしいですねー。――さ、魔王様、せっかくですからこの学術院に関して、色々とご案内させていただきますねー」

「おぉ、楽しみだな。つっても、現時点で大分楽しんではいるんだが」

そんな感じで、学術院の中を色々紹介してもらいながら先へと進んでいき、やがて研究室らしき一室へと辿り着く。

遠慮なく二人が入っていくので、俺もまた彼女らに続いて中へと入り……うわ、すごいな。

天井の高さや壁の位置から見て、本来は広いのだろうその部屋は、だが所狭しと置かれた書物や実験器具などに圧迫され、足の踏み場もない程だ。

つか、よくもまあ、これだけの物を部屋に持ち込めたものだ。

ただ雑多なだけだろうが、これこそ空間魔法と言いたいぐらいである。

そして、部屋の中にいたのは一人だけだった。

「よく来てくれた、魔王」

俺達を出迎えたのは、レイラの師匠、エルドガリア女史。

「悪いね、大分散らかっていて。今少し場所を作るから、そこに座ってくれ」

と、そう言って彼女がス、と手を横にスライドさせると同時、積み重ねられていた本の山が独りでに動き、その下からソファが顔を覗《のぞ》かせる。

カッコいいな、今の魔法。

「……お師匠様、後程私が、ここをお掃除させてもらいますねー」

「あぁ、頼むよ。アンタがいなくなってから、もうずっとこうさね」

……なるほど、以前は、レイラがこの片付けをやっていたのか。

彼女の家事が上手《うま》い理由は、辿ればここにあるのかもしれない。

俺はそのソファに腰を下ろすと、まずお師匠さんへと礼を言う。

「エルドガリアさん、色々ウチの面々に良くしてくれたみたいで、感謝するよ。おかげでウチの子らも、毎日すげー楽しんで過ごしてくれてるよ」

「いや、こちらこそ、ウチのエミューと仲良くやってくれているようで、ありがたい限りさね。この子、なまじ頭が良いせいで、プライドが高くてね。里の子らとじゃあ、あんまり仲良くやれてないんだよ」

「あら、エミュー、まだ里の子達とそんな感じなのですかー？」

「うっ……べ、別にそんな、嫌な奴《やつ》みたいなことはしてないです！　で、でも、あんまり話が合わないと言うか……」

やれやれ、といった様子のレイラに、子供らしい感じで言い訳するエミュー。

「はは、長く一緒にいる友達とは、仲良くした方がいいぞ、エミュー。ま、ウチの子らと仲良くしてくれてることは間違いないみたいだから、やっぱり合う合わないっていうのはあるだろうけどな。どうしても上手くやれない相手ってのは、いるもんだし」

「！　そうです、里の子達はあんまりエミューと合わないだけなのです！　だから、それは仕方のないことなのです！」

俺の言葉を聞き、胸を張る幼女に、レイラが小さくため息を吐き出す。

「もう、魔王様ー。あんまり甘やかしてはダメですよー。相変わらず、小さな子には甘いんですからー」

「えっ、い、いや、別に甘やかそうと思って言った訳じゃないんだが……」

「何だい、魔王は子供に甘いタイプなのかい。確かに、子供は至極可愛《かわい》いもんだが、だからこそ厳しくすることも覚えるといい。アンタも奥方が身籠《みごも》られたようだし、気を付けなきゃならんよ」

「う、うす……気を付けます。というか、その話は聞いてたのか」

「あの覇龍様を診た医者からね。悪いね、事が事だから、個人情報だがアタシにも明かしてもらった。ほれ、お祝いだ」

そう言ってお師匠さんは、数枚の護符を俺へと渡す。

この護符は……見たことがあるな。

魔界でエミューと初めて出会った時、彼女も持っていたものだ。

「あ！　師匠特製の護符です！　魔王、その護符はとっても良いものですよ！」

「外で同じレベルのものを買おうとしたら、魔王様のエリクサー程ではないですが、それなりにしますからねー」

二人の言葉に、お師匠さんは肩を竦《すく》める。

「魔王と覇龍の子だから、あまりいらないかもしれないが……ま、嵩張《かさば》るもんじゃあないし、受け取っておくれ」

「ありがたい、是非使わせてもらうよ」

俺はアイテムボックスを開き、中に護符をしまうと、代わりに上級ポーションを取り出す。

「じゃあ、これ、お返しだ。受け取ってくれ」

「これは……エリクサーか。こんな高級品、いいのかい？」

「えっ……い、今、お姉様も言っていましたが、本当にエリクサーなのです？」

俺は笑って答える。

「本当に護符が嬉しかったってのもあるし、里で良いもてなしをしてもらってるからな。そのお返しだと思ってくれ」

観光客用に開いている場所以外に、本当は部外者には公開していないような場所なども見せてもらったと聞いている。

レイラがいるのもあるだろうが、このお師匠さんが口を利いてくれて、俺達が自由に楽しめるようにしてくれたらしいのだ。

「これは大きなもんを受け取っちまったね。これに見合うもてなしとなると、この後も気合を入れて歓待しなきゃあならなそうだ」

「はは、期待させてもらうよ。——それで、ここに呼んだ理由は、この件か？」

「いや、もう一つある。——レイラ、エミュー。二人は少し外しておくれ」

◇　◇　◇

レイラとエミューがいなくなったタイミングで、お師匠さんは口を開く。

「魔王としようと思っていた話は二つ程あるんだが……まずは、アンタの子供に関しての話をしようか」

「……聞かせてくれ」

彼女の言葉に込められた真剣さに、俺は若干緊張しながら、そう言葉を返す。

「少し、アンタにとっては残酷な話になる。けど、とても重要なことだから、これだけは頭に入れておきな。――他種族同士の子供は、死産になりやすい」

「……フー……それは、やっぱり種が違うからか」

大きく息を吐き出し、精神を安定させながら問い掛けると、彼女は頷《うなず》く。

「あぁ。決して、そういう子がいない訳じゃない。探せばそこら中にいるし、ウチの里にもそれなりにいる。ただ、それでもやっぱり、他種族同士で子を生すのは難しいんだ」

「……けど、この里は外から旦那《だんな》を得ることが多いんだろ？　子供を作るのが難しいのに、そうするのか？」

「ん、これは少し説明が悪かったね。正確には、遠い種程子供が生まれ難《にく》くなるんだ」

彼女は、説明を続ける。

例えば、人間と獣人族、獣人族と羊角の一族、といった組み合わせでは、子供はちゃんと生まれてきやすい。

だが、魔族の中で、頭部が動物の形だったり、異形の肉体を持っていたりする種と、人間のような見た目の種で結婚すると、その限りではないという。

つまり、見た目の差異が大きかったりする種族同士で結婚しても、子供は上手く出来ないのだそうだ。

……その理由は、わかる。

恐らく、遺伝子情報に、大きな隔たりがあるからだろう。

「覇龍殿は、特殊な魔法を用いて今のヒト種の姿を取っているそうだけど、元は龍族だ。さらに、アンタは特殊な出自の魔王。アタシはそっちの専門じゃないから、確かなことは言えないが……まず、子供が出来たことが奇跡と言えるだろうさね」

「……そうか」

そのことは、正直、少し考えていた。

彼女の言う通り、俺は特殊な生まれであり、レフィもまた特殊な生まれである。

ただでさえ子供を産むというのは難しいことであり、その上、二人とも生物学に対し真っ向からケンカを売っているような存在である。

順調に子供が生まれてくれるのならばそれに越したことはないが……危険があることは、否めないだろう。

「――と言っても、これは普通の家庭の話だ」

精神が沈む俺に対し、ただお師匠さんは声音を先程よりも軽いものに変え、そう言った。

「……普通の家庭？」

「今、エリクサーをポンと出した以上、アンタは人に渡せる程それを多く持っているってことだろう？　エリクサーは神の御薬。たとえ死の淵《ふち》に立っていようが、無理やり生者へと戻すことが出来る。それがあれば、少なくとも母体が危険に陥ることはないだろうし、出産に関しても、どうにかなる可能性は高い」

安心させるような声音で、お師匠さんは言葉を続ける。

「重要なのは、十分な設備と、十分な医療体制さね。アンタはどうも、顔が広いようだし、魔界王にでも相談すれば最高位の医者を用意してくれると思うよ。非常に力のあるアンタとは、皆仲良くしておきたいだろうし」

「……死産の可能性は、減らせるってことか」

「そういうことさ。脅すようなことを言って悪かったね。ただ、アンタは一家の大黒柱になるんだ。そういう心構えだけはしておいて、何があっても女達を支えなきゃいけない。今の内に、医者も含め、準備をしておくといい」

「あぁ、肝に銘じておこう。……ありがとう、そういう言いにくい忠告をしっかりしてくれると、本当に助かるよ」

「フフ、ま、これでもそれなりに生きているババアだからね。小うるさく説教するのは得意なのさ」

ニヤリと笑い、彼女はバシッと俺の腿《もも》を軽く叩《たた》く。

……流石《さすが》、レイラの師匠だな。

カッコいい、大したばあさんである。

「んで……話は二つあるって言ったな?」

「あぁ、もう一つ聞いてほしい話がある。レイラのことでね」

「レイラ？」

　すると、彼女は聞きにくいことを聞くような様子で、口を開く。

「その……アンタはレイラのこと、どう思ってるんだい？」

「え？　そりゃあ、すげー頼りになる、ウチの最終兵器だが」

「最終兵器？」

「おう、最終兵器だ」

　レイラがいなければ、もはやウチは回らない。

　我が家の最強最終兵器メイドである。

「あー……じゃあ、アンタはあの子のこと、どれくらい大事に思っとるかい？」

「そりゃあ、死んでやれるくらいには大事に思ってるが」

「嫁でもないのに？」

「嫁じゃあないが、もうほぼ身内みたいなモンだとは思ってるからな。だったら、それくらいやれるのは普通だろうさ」

　他人のために命を投げ出せる程、俺は聖人君子じゃない。

　だが、我が家の面々のためならば命を賭《と》してもいい。

　そういうモンだろう、家族というのは。

　俺の言葉に、彼女はしばし黙考してから、口を開く。

「……魔王、聞いてほしい。レイラはね、まず第一に好奇心がある。ちょっと話してみたところ、アンタのことは憎からず思っているようだし、女としての幸せ――家庭を持ったりすることに対する興味もあるようだ。ただ、自分から積極的に行こうとする程じゃあない。このままだと、一生独身だろう」

……彼女の知識に対する欲求の深さは、ウチの面々ならば全員知っている。

その……俺に対してどうのっつーのは、何を答えても自意識過剰になってしまうため何にも言えないが、しかしお師匠さんの言葉は正しいだろう。

彼女が未知の探求を自身の中心に据えていることは間違いなく、そうである以上、それ以外のことの優先順位は自然と下がってしまうのだ。

「全《すべ》てはあの子が選ぶこと。アンタのところにいて、『迷宮』の研究に一生を捧《ささ》げるのも、それはそれでいいのかもしれないが……やっぱりあの子の保護者であった身としちゃあ、思うところがあるんだ」

「……ちょっと関係ない話だが、お師匠さんがレイラの親代わりだったのか？」

「一応ね。あの子の親は早い内に亡くなってる。エミューもそうさ。二人とも研究者としての才能があったから、アタシが引き取った。と言っても、そういう子は里全体で育てることになっているから、親代わりと言えるのはアタシ以外にも何人かいるだろうよ」

……レイラからは、お師匠さんのところで育ったってのは聞いたことがあったが、親はいなかったのか。

俺達は平和に暮らせているが、やはりこちらの世界は基本的に過酷――いや、よく考えてみたら、俺もそれなりに過酷に生きてたわ。

ついこの前とか、戦争に参加したし。

「いや、けどレイラにとっても、エミューにとっても、やっぱりお師匠さんが一番の親なんだろうよ。俺、身内に関する話で、レイラからお師匠さんとエミューのこと以外を聞いたことないし」

「フフ、そうかい。それだったら嬉《うれ》しいが。――そういう訳だから、その、何だ。もう妻が三人もいるアンタに言うのもアレなんだがね。アンタの方からあの子、口説いてやってくんないか」

「く、口説く」

「アタシも一生を研究に捧げた身だから、言えることだが……好奇心を追うだけの日々は充実しているが、後ろを振り返った時、少し寂しいものがあることも確かだ」

それからお師匠さんは、真摯《しんし》な、親の顔で言った。

「ババアのお節介で悪いが、どうかあの子を、アンタの手で幸せにしてやってほしい」

「……どうなるかは、正直わからん。感情の話だから、確約は出来ない。けど、レイラのことも、ちゃんと本気で考えることは、誓うよ」

「ん、それでいいよ。ありがとうね」

お師匠さんは満足そうに笑い――と、そこで、何かを思い出したかのような顔をする。

「そうそう、忘れるところだった。そう言えばもう一つ、アンタに見せたいものがあったんだ」

「？　見せたいもの？」

「あぁ。ちょっと待ってくれ。ええっと、確かにこの辺りに……」

そう言って彼女は、物で溢《あふ》れた研究室の奥へと消えていく。

……特に壁がないのに、すぐに姿が見えなくなってしまった辺り、この部屋の雑然具合が窺《うかが》えるな。

「うん？　ここに仕舞ったと思ったんだが……いかんね、歳《とし》を取ると、細かいところを忘れちまう」

歳というか、単純に散らかっているのが原因だと思います。

棚とかもう、満杯に詰まってるし、床に置かれた本の山とか、頭より高い位置にまで積み上がってるし。

「……あー、お師匠さん。俺がこう言うのは、ちょっと失礼に当たるかもしれないが……流石に物が多過ぎじゃないか？　単純に、危ないぞ？」

「いやぁ、レイラがいなくなってからは、自分で掃除しなきゃとは思ってるんだがね。結局後回し、後回しってなって……ま、このザマさ。研究者の悪癖だろうよ。――お、あったあった、これだ」

お師匠さんは、手に何か棒状のものを持って、こちらへと戻って来る。

それは、杖《つえ》のような形で、骨のような質感をしており――⁉

「それは……」

「あぁ、アンタならわかるだろう？　これは――『神杖《しんじょう》』だ」

神杖：？？？

品質：？？？

俺が持つ槍《やり》、『神槍《しんそう》』と同じく、分析《アナライズ》スキルでは何もわからない説明欄。

形状は、かろうじて杖だろうと判断出来る程度の武骨なもので、滑らかな、何かの骨っぽい質感をしている。

……見れば見る程、神槍に似た造りだ。

「ソイツは、魔界のとある遺跡深部にて発掘された杖だ。ウチの一族の者が発見し、アタシんところに持ち込まれた。アンタが、これと同じような槍を使っているのを見て、是非とも話をしたいと思ってたんだ。魔力を込めてみてくれ」

「……だ、大丈夫なのか？」

「あぁ、危険はないから、やってみてくれ」

「………………」

緊張と共に、俺は神杖へと魔力を込めていき――変化は、すぐに始まった。

神槍と同じように、グングンと全身が大きくなり、俺の魔力の大半を吸い取ったところで、第二形態となる。

武骨だった全身は、まるで一級の美術品のように洗練されたものとなり、杖の先に、拳《こぶし》大の輝く透明な宝玉らしきものが現れる。

今まで杖というものの効果を感じたことはなかったが、きっとコイツを使えば、その効能を強く感じさせてくれることだろう。

そして……やはり神槍と同じように、何かの気配が強く増すのを感じる。

第二形態となった途端、奥深くから、何かがこちらを見ているような感覚を覚えるのだ。

「ん、流石《さすが》だね。アタシらだと、十数人が同時に魔力を込めてようやく変化させられたんだが、アンタだと一人でその状態まで持っていけるのか」

「……意匠は、俺が持ってる神槍とそっくりだな。作者が同じってことか……？　あと、怖いからこれ、もう元に戻したいんだが……」

「あぁ、もういいよ。こっちに渡しな」

お師匠さんへと杖を返すと、彼女は受け取ったそれにスー、と指を這《は》わしていき、それと同時に俺が込めた魔力が拡散されていくのがわかる。

数瞬後には、神杖は元の形状へと戻っていた。

……流石だな。

他者の込めた魔力を暴発させず、空中へと逃がしていく。

魔力の使い方が、超絶的とも言えるくらいの練度だ。

俺にはとてもマネ出来ないし、多分レフィでも無理な芸当だ。

まあ、アイツは魔力に対する感覚こそヒト種とはかけ離れたものを有しているが、ずぼらで大雑把だから、その辺りの技術は比べるべくもないんだが。

「多分、アンタの言う通り、アンタの持ってる槍とこの杖は、作者が同じなんだろう。造られた時期は不明。少なくとも、アタシらが辿《たど》れる範囲の文明じゃあ、コイツは造られていない。もっと長命種の記録なら、もしかしたら何かわかるかもしれないが……アンタは、あの槍をどこで手に入れ

たんだい？」

「……龍族達が住まう『龍の里』で、そこの長老に貰《もら》ったんだ。最古の人間の王、ラルレン＝フェルガーダが使ってた武器で、ソイツの残した遺言で俺が受け取ることになってさ」

「！　ラルレン＝フェルガーダ……アタシも聞いたことのある名だね。まだ人間という種族が台頭していなかった時代、龍と心を通わせ、人間の国を作った男だったはず。その時代の作品？　いや、武器だけもっと昔のものという可能性もある……それでも、関係はあると見るべきか。その時代の資料はほとんど消失していたはずだけれど、まだ残ってはいる……」

レイラが、何かに好奇心を覚えた時と同じように、爛々《らんらん》と瞳《ひとみ》を輝かせ、思考に耽《ふけ》るお師匠さん。

……血の繋《つな》がりはなくとも、やっぱレイラの親は、この人なんだな。

「？　どうしたんだい、魔王？」

「いや、家族だなって思って」

俺の場違いな言葉に、彼女は怪訝《けげん》そうな表情を浮かべ、それから質問を始める。

「よくわからないけど……龍の里と、その人間の王、ラルレン＝フェルガーダに、どんな関係があったんだい？」

「あぁ、何代前かは忘れちまったが、その男は龍族達の纏《まと》め役である『龍王《りゅうおう》』だったんだ。俺も、色々あって今の龍王の座に就くことになって、それでアレを貰ったんだ」

「……なるほどね。というかアンタ、魔王と皇帝の他に、龍王にもなってるのかい」

「おう、別に望んでそうなった訳じゃないが、嫁さんが覇龍だからその関係でちょっとな。んで、その何十代か前の人間の龍王が、『後にヒト種の身で龍王へと至った者のために』って残してくれてたのが、あの武器だったたんだ」

「……アンタの肩書の面白さはとりあえず措《お》いておくとして……こっちの持っている情報も話しておこうか。と言っても、散々調べ尽くしてわかったことは、『わからない』ということだけなんだけどね」

彼女は、肩を竦《すく》める。

「杖としての効果は、魔法効果の増大。使用魔力の著しい減少。『極大魔法』ですら、苦も無く放てるようになる危ないシロモノさ。と言っても、杖としての効果を発揮するのは、さっきみたいな『第二形態』となってからだから、常人じゃそれに至る前に魔力が尽きるけどね」

極大魔法というのは、使える者が世界で数える程しかおらず、あまりの威力の高さに『禁術』なんて言われてしまう程の、バ火力魔法のことだ。

例えるならば、レフィの『龍の咆哮《ほうこう》』とか、そのレベルの魔法のことだな。

きっと神杖も、神槍と同じように、非常に有用なものではあるのだろう。

有用なものでは。

「発見された遺跡での、この杖に関しての記述は『神の力を宿しし杖。役目を終え、この地に眠る』というもののみ。何があって、どんな役目を果たしたのか、という点はどれだけ調査してもわからなかった。ただ、きっと……アンタの持つ槍の、以前の持ち主がそうしたように、何らかの動乱に使われたんだろう」

……動乱か。

武器は、戦いに使われる道具だ。

である以上、この『神』の名の付く武器達もまた、何かの戦いのために造られたのだ。

「何かが、あったんだ。記録が断絶してしまう程の、遥《はる》かなる過去に。そうして、武器は造られた」

「……お師匠さん。俺が持ってる槍の時もそうだったんだが……今の杖に魔力を注ぎ込んで、形態が変化した時に、何かの気配を感じるんだ。こっちを、何かが見ているような感覚がある。多分、この武器は何かと繋がっているんだと思うんだ」

「……あぁ、わかるよ。アタシもそうだが、杖の研究に携わった者は、皆同じような感覚を覚えていた。だから……ほれ」

「？」

持っていた神杖を、ポンと俺へと投げ渡す。

「えっと……」

「ソイツはアンタが持っていてくれ」

「えっ、い、いや、こんなん渡されても困るんだが……」

「ソイツはもう、アタシが持っていても骨董《こっとう》品にしかならないんだ。それよりは、アンタが持っていた方が、役に立つだろう？」

ニヤリと笑みを浮かべる、お師匠さん。

「……役に立つかもしれないが、そちらさんにとってもこの杖は、貴重なシロモノだろ？　そうやすやすと受け取る訳には……」

「いやいや、アンタはアタシの娘とも言える子の面倒を見てくれるんだろ？　だったら、そのことに感謝を示して、これくらい貴重な品を渡さなければ面目が立たないというもんさ。そういう訳で、ほら、アンタが持っていてくれよ」

ぐっ……こ、このばーさん、俺の言外の「いらない」って意思表示に、気付いていながら押し付ける気だな。

レイラにはない押しの強さだ。

「ほら、頼むよ。老い先短いババアの頼みくらい、受け入れてくれてもいいんじゃないかい？」

「……わ、わかったよ。けど、俺に渡したところで、そんな大した情報は得られないと思うぞ？」

「その現物から取れる情報は全《すべ》て取った以上、博物館なんぞで飾るより、もっと有益に扱える者へと渡した方が良いのは自明の理さね。それに、あまり遠出が出来ないアタシよりも、色々な場所に行くことが出来て、同じような槍を持っているアンタの方が、真相に近付く可能性は高いだろう。その謎の傍にいるのは、アタシじゃなくアンタなのさ。それで、仮に何かわかったのだとしたら、知り合いのよしみで教えてくれるとありがたいね」

それはもう、楽しそうにニヤニヤとしながら、語るお師匠さん。

「……お師匠さんは、間違いなくレイラの師匠だよ」

「フフ、悪いね。これがアタシら羊角の一族なんだ。まず第一に好奇心が存在し、その探求に人生を賭《と》す一族。レイラと一緒にいるのなら、知っているだろうけどね」

「あぁ、まあな。その好奇心が抑えられない様子とか、目を爛々に輝かせてる様子とか、レイラにそっくりだよ。もう慣れてるけどな」

「それなら良かったよ。アタシも遠慮なく無茶を言えるってもんさ」

老練に笑う彼女に、俺は何も言えず苦笑を溢し、神杖をアイテムボックスへと突っ込んだ。

羊角の一族……恐るべし。

◇　◇　◇

お師匠さんとの話を終えた後、俺は彼女の研究室を後にし——と、すぐに待っていてくれたらしいレイラが声を掛けてくる。

「魔王様、お話は終わりましたかー？」

「おう、待たせたな。エミューは？」

見ると、先程まで一緒にいた彼女の妹分、エミューの姿がなくなっていた。

「あの子は、授業の時間になっちゃったので、先程学校に向かいましたー。ここ数日はずっと一緒にいましたが、あの子、普通に学校がありますのでー。本人はもうちょっと、私達と一緒にいたがっていましたがねー」

「あぁ……考えてみりゃあそうか。……ウチの子らも、ここの学校くらいのところに、通わせてあげられるようにしてぇもんだ」

もう少ししたら、どこか寄宿舎のあるような学校に出すのがいいのだろうが……いや、けどそれはそれで、ちょっと心配だったりする。

ダンジョン帰還装置を渡しておけば、すぐにウチに帰って来られはするが……うん、彼女らを外に出すことになったら、それまでにダンジョン領域をその場所まで広げるか。

そうすりゃ扉を繋げられるし、イルーナ達もいつでも帰って来られるだろうし。

そう、これは過酷なこちらの世界で、子供を守るための措置であり、決して親バカではない。

親バカではないのである。

「そうですねー……エミューはもう、ここの幼年学校に通っていますが、イルーナちゃん達の歳《とし》を考えると、あと二年くらいしてから中等学校に通うのがいいかもしれませんねー」

「そうか……よし、それで考えとこう。通うのは……ウチに一番近いのは人間の街の学校だが、やっぱり魔界にある学校の方がいいか。今後、他種族同士で交流が深まるっつっても、偏見はそう簡単に消えるもんじゃないだろうし」

「確かに、イルーナちゃん達のことを考えると、そうするのが良いかもしれませんねー。魔王様は、魔界王様とご縁が深いですから、彼に言えばポンと入学までの手続きをしてくれると思いますよー。この里の学校は、学び舎としては最高峰なのでオススメなのですが……ちょっと遠いですからねー」

……レフィのこともあるし、帰り際にもう一度、俺だけアイツんところに相談しに行くか。

今更だが、あの王と縁を結べたのは、俺にとって大きなプラスだったな。

腹黒だが、奴《やつ》も長命種で、今後数百年くらいは付き合いがあるだろうし。

こうして思うと、俺は人脈にはかなり恵まれているのかもしれない。

ウチの面々と出会えたことは元より、それ以外の知人も、大体有能なヤツばかりだ。

この人脈は、大きな財産だ。今後も大切にしなければならないだろう。

「今更だが、俺は人に恵まれたって心底思うよ」

「フフ、魔王様の人徳があるからこそですよー」

「いやぁ、そう言ってくれると嬉《うれ》しいが、俺は俺に人徳があるとは思えねーなぁ。基本的に自分勝手な男だし」

「そうですかー？　魔王様は、我が家の皆のことをとても大事にしていらっしゃいますし、どちらかと言えば自分は後回しにされているような気がするのですがー……」

「いい大人に見えるよう、振舞ってるだけさ。俺自身は自己中のどうしようもない男だ。――だから、運が良かったのは、間違いない。レイラやリューがウチに来ることになった経緯なんかも、ほとんど偶然だしな」

そう、運が良かったのは、間違いない。

この過酷な世界で、俺は恵まれていた。

「……改めてだが、みんなと出会えて本当に良かったよ。レイラと出会えたことも、俺にとっちゃ何物にも代えられない財産の一つだ」

「フフ、口説いていらっしゃるのですかー？」

「えっ、あー……ま、まあ、そうだな」

別にそういうつもりじゃなかったのだが、先程のお師匠さんとの会話を思い出し、俺は歯切れの悪い言葉を返す。

「？　魔王様、どうされましたかー？」

「い、いや、ちょっとな……」

ただそれだけを答えると、彼女は俺の内心を見透かしたような顔で、クスリと笑みを浮かべる。

「なるほど、さては師匠に、私のことについて何か言われましたねー？」

「……ウチの女性陣に嘘《うそ》は吐《つ》けそうにないな。あぁ、もう正直に言うが、口説いてくれっつわれたよ。このままだと、レイラが一生独身のままになる可能性が高いからって」

「もう、師匠もお節介なんですからー……すみません、魔王様ー。レフィが妊娠したという時にー……」

「……よし、わかった。お前、レフィのことを様を付けて呼ばなくなったし、俺のことも『魔王様』って呼ぶのはやめるところから始めようか」

そう言うと、レイラは目をパチクリさせ、それから口元に微笑を浮かべ、口を開く。

「わかりました、では、何とお呼びしましょうかー？」

「ユキでもおにーさんでもご主人でも、何でもいいぞ。好きなように呼んでくれ」

「……ユキ、と呼び捨てにするのは、何だか気恥ずかしいものがありますねー。では、ユキさんとお呼びしてもいいですかー？」

「あぁ、わかった。じゃあ今後は『魔王様』は禁止な」

「はい、わかりましたー、ユキさん」

ニコッと笑う、羊角の少女。

「……なんか、それはそれで、ちょっと気恥ずかしい感じがあるな」

「フフ、私もちょっと、照れてしまいそうですー」

俺達は何となく顔を見合わせ、お互い笑っていた。

――レイラのことについて、どうするかはわからない。

ウチの嫁さん達にも、相談しなきゃいけない。

ただ……もう彼女のことは、身内として見ているのだ。

だから、何があっても幸せにしてやりたい。

そんな思いが、俺の胸に湧《わ》き上がった。

◇　◇　◇

「いやぁ、それにしてもレイラん里は面白いな。見たことないモンばっかあって」

「フフ、見たことないもので言えば、我が家にあるものも大概だと思いますけどねー」

自らの主人にそう答えながら、レイラは頭では別のことを考えていた。

――結局、私はこの人のことを、どう思っているのだろうか。

仕える主人。

面白い人。

未知の塊。

研究対象。

それらの言葉は、すぐに浮かんでくる。

どれだけ共にいても、この身を動かす原動力である探求心が疼《うず》き続けるような、研究対象としてこれ以上ない程の未知。

きっと、彼と共にいれば、長い歴史のある羊角の一族の中でも、誰《だれ》も解き明かせなかった真理へと辿《たど》り着《つ》くことが出来るだろう。

だが──今の自分が、それだけで彼と、そして彼が作る『世界』の中に身を置いているのかというと、そうでもないということは冷静に自身を分析して理解している。

あの場所で、日々、メイドとして家事をやり、彼らと冗談を言い合い、笑い合い、家に帰って来た幼子達の世話をする。

それらが、知識の探求と並び立つ程の幸せであると、今の自分は感じているのだ。

そして、そんな日常を生み出しているのがこの主人であり、故に彼を研究対象以上のものとして見ていることを、今の自分は否定出来ないのだ。

しかし……そうして一歩深いところへと踏み込み、ならば女としてこの男性を求めているのか、ということまで考えると、途端にわからなくなってしまう。

……つまるところ、初の経験だから、知らないから、わからないということなのだろう。

自身は、恋愛というものを経験したことがない。

元々里が女性ばかりということに加え、そんなものよりも、好奇心の方が圧倒的に重要だったからである。

未知へはいつも、多大なる興味と高揚を以《もっ》て当たってきたが、しかしこの未知に対しては、ただ戸惑うばかりである。

――思い出すのは、いつか覇龍の少女が言っていたこと。

彼と出会ったことで、今まで感じたことのない感情が数多《あまた》胸に浮かび、それをどう判断すればいいのかわからない、と。

それは、まだ覇龍の少女とこの主人が夫婦となっていない頃《ころ》の話だが――きっと今の自分は、彼女と同じものを味わっているのだろう。

この肉体の中に、こんな感情が存在していたとは、我ながら驚きである。

……思えば、迷宮に住まう面々と比べ、自分は可愛げのない女だ。

皆のように大きな喜怒哀楽を示すこともなく、ただ傍観し、見守るだけ。

言い換えてしまえば、それは、一定の距離を置いているだけだろう。

そう、自分のことだからよくわかっているが、自分は今まで、他者に対し一つ壁を作っていた。

いや……正しく言えば、あまり興味がないから、当たり障りのない表情を浮かべ、やり過ごすのがいつもの手段になっていた。

興味が持てないものは、どうでもいいとは言わないが、やはり自身の中で一つ下げて見ている節があったことは否めない。

恐らくだが、彼らと共に過ごすことで、それがだんだんと変わってきているのだ。

壁がなくなり、そこから前へと踏み出すかどうかのところで、足踏みしているのだ。

――そうか。

師匠が突然、彼にそんな話をしたのは、彼女なりの激励なのだろう。

この主人がいない間に、久しぶりに師匠と語らったが、そこで見抜かれてしまったのだ。

どうしようもない弟子が、外に出て暮らすことで多少人らしさを学び始めており、それを為《な》したのがユキという魔王である、と。

だからこそ、このまま彼らと共に生き、しっかりやんなさいよと、そう言いたいのだろう。

「……困ったものですねー」

気付いた時には、口から勝手に言葉が漏れており、それを聞いた主人が不思議そうな顔をこちらに向ける。

「レイラ？」

「いえ……どうも、上手《うま》く感情を言語化出来ないと言いますかー……胸の内にあるものが何なのか、よくわからなくて……」

きっと訳がわからないであろう、要領を得ない自身の言葉に、だが彼は笑って言葉を返す。

「おう、レイラからそういう話を聞くのは初めてだな。けど、感情なんてモンは普通、言葉にするのは難しいと思うぞ。言葉は理性だが、感情は理性じゃないからな」

……理性ではない、か。

「……ユキさん、少し、いいですかー？」

「ん、あぁ――って、れ、レイラ……？」

トン、と彼の胸に頭を預ける。

およそ自分らしくない行動に、彼は動揺の声をあげ、だが少しして、ポンポンとこの頭を撫《な》でる。

ゴツゴツとした男性の感触。

温かく、落ち着く鼓動。

包み込まれるような、匂《にお》い。

――あぁ、これか。

これだ。

きっと、皆はこれを、そして自身もまたこれを本能で求めているのだ。

しばし、無言のまま彼の胸に身体《からだ》を預け、それから口を開く。

「……ユキさん」

「……あぁ」

「先程の話ですがー……この問題は、恐らく私自身が答えを見つけなければならないことなのでしょうー」

彼は、黙ってこちらの言葉に耳を傾ける。

「今まで、そういうこととは無縁に生きて来ましたし、これからも無縁のまま一生を終えるものな

のだと以前は思っていたのですが……人生とは、本当に不可思議なものですねー」

「……そうだな。複雑怪奇で波乱万丈で、それこそ未知がいっぱいで困ったもんだ。けど……楽しいだろ？」

ニヤリと笑う彼。

「……フフ、ええ。とても楽しく、そして愛《いと》おしい」

間近から、彼の顔を見上げる。

「だから……ユキさん。待っていてくれないでしょうかー？　私の心が、わかるまで」

不安に揺れてしまった言葉に、彼は少し考えた様子を見せてから、口を開く。

「レイラ」

「……はい」

「俺は、もうお前のことは身内だと思ってる。俺だけじゃなくて、ウチのみんなも一緒だ。だから、それくらい待つさ。いつまでも」

慈愛に満ちた、優しい笑顔。

トクンと、胸が温かくなる。

レイラは微笑《ほほえ》みを浮かべ、再度彼の胸へと頭を預けた。

◇　◇　◇

「――あ、おにいちゃんとレイラおねえちゃんだ！　そっちの用事が終わったんだね！」

魔法学術院を後にし、我が家の面々の下へと向かうと、俺達の姿に気付いたイルーナ達がトトト、とこちらに駆け寄ってくる。

「おかえりー！　……あれ？　こういうとき、おかえりであってるのかナ？」

「他に相応《ふさわ》しい言葉もないから、それでいいと思う！　おかえりー！」

「そうだね！　おかえりー！」

「……？　エミューは？」

「エミューは、残念だが学校があるからって行っちまったよ。俺達が来てから、ほぼずっと一緒にいたらしいから、流石に休めなくなったって」

「そっかぁ……残念。また一緒に遊べるかなー……？」

「大丈夫ですよー。あの子はあれでも賢いので、きっと本気で課題を終わらせて、すぐにこっちに合流しようとすると思いますからー」

「それならよかった！　エミューちゃん、かしこいもんネ！　たのしみー！」

「良かった、楽しみー！」

「……ん、楽しみ」

「はは、仲良くやってくれているようで何よりだ。んで、こっちは里の散歩中か？」

「うむ、お主らが来るまでは、観光客用の店などを見てのんびり探索を――ん？」

と、その時、レフィが怪訝《けげん》そうな表情を浮かべる。

「んー……？」

そのままこちらに近付き、ジロジロと間近から俺達を見る。

「な、何だよ、レフィ？」

「……ふむ。ま、お主らが結論を出したのならば、それで良い。どんな結果でも、儂《わし》らはそれを受け入れよう。じゃが、情報共有だけはしかと行うように！」

ニヤリと笑い、そんなことを言い放つ我が嫁さん。

……どうやら、もう、彼女にはお見通しのようだ。

「……まだ何も言ってないんだがなぁ」

「どれだけ共におると思っておる。お主らの顔を見れば、どういうやり取りがあったかくらい察しが付くわ。――故に、レイラ。お主のことじゃ、今このたいみんぐで、とか、そもそも自分が、とか、そんなことを考えておるのじゃろう？　それはお主の心のことじゃから、儂らが外からとやかく言うても納得せんじゃろう。しかしの」

レフィはパシンと俺の胸を軽く叩《たた》き、それから精一杯腕を伸ばし、ポンポンとレイラの頭を撫でる。

「この阿呆《あほう》は阿呆じゃが、それなりに甲斐性《かいしょう》はある。たまには何も考えず、頭を空っぽにしてこちらに飛び込んでくるのも良かろう。ま、とにかく言いたいことは、あまり難しく考え過ぎるな。気楽に、お主の好きにせい」

「……はい。レフィ、ありがとうございますー」

感じ入った様子で、珍しく、本当に珍しく少しだけ声を震わせるレイラに、レフィは慈愛の籠《こも》った瞳《ひとみ》で応える。

「カカ、気にするな。以前も言うたじゃろう、お主のことも儂はすでに身内じゃと思うておる。どうなろうが、今更何も変わらん」

レフィの言葉に続き、ネルとリューが口を開く。

「フフ、うん……そうだね。レイラにはいっつも、支えられてばっかりだけど、僕達も常々、レイラを支えてあげたいとは思ってるんだ」

「ウチも、レイラには色々教えてもらってばっかりっすからね……でも、絶対ウチも、レイラを支えられるくらい頼もしくなるっすから！　見ててほしいっす！」

「いえ……すでに二人には、支えてもらっていますよー。私の、本当に大切な友人ですからー」

きゃいきゃいと言葉を交わす彼女らの横で、俺はレフィへと声を掛ける。

「……レフィ」

「うむ」

「お前は最高の女だよ」

今まで、何度そう思ったことだろうか。

そして、これからも一生、コイツは良い女なのだ。

俺は、本当に、世界で最高の女と出会うことが出来た。

「カカ、惚《ほ》れ直したか？」

「もう限界突破してるから、これ以上はねぇな」

真顔でそう言葉を返すと、彼女はちょっと照れたように俺をど突《つ》く。

「ま、真顔で言うな、阿呆！　それじゃからお主は阿呆なんじゃ！」

と、ネルとリューがニヤニヤし始める。

「あー！　レフィが照れ隠ししてるー！　かわいいんだから～」

「全く、見てて妬《や》けちゃうくらいラブラブなんすから。レイラも、目指すならあそこっすよ！　一緒に頑張るっす！」

「……フフ、そうですねー。頑張りましょうー」

「なになに、みんな、何のお話ー？」

「みんな、なんだかうれしそうだネ～」

「……ん。きっとレイラに良いことがあった話」

不思議そうな幼女達の横で、レイス娘達がぽけーっとした顔で首を捻《ひね》っている。可愛《かわい》い。

「うん、これからレイラと、もっといっぱい仲良くなろうって話をしてたんだよ。みんなも、いっぱいレイラと仲良くしてあげて」

ネルの言葉に、幼女達が元気よく反応する。

「え、勿論《もちろん》！　よーし、じゃあ今日はいっぱい、レイラおねえちゃんに引っ付く！」

「ひっつきむしだー！」

「……歩きにくくても駄目。放さない」

レイス娘達含め、彼女らは一斉にレイラへと駆け寄り、抱き着く。

「……はい、じゃあ今日は一日、一緒にいましょうかー」

レイラは、困ったような、それでいて楽しそうな、心の底から滲《にじ》み出《で》るような微笑みを浮かべた。

「な、レフィ」

「うむ？」

「この里……遊びに来て良かったな。なんつーか……お前のこともそうだが、色々嬉《うれ》しいことが重なって、嬉しくて、楽しくてさ」

「うむ……一つ、前に進んだ感じはあるかの」

「また、数年後くらいにここ、遊びに来るか」

「皆での。その時は、儂らの子もおるじゃろうし」

照れながら、そう言うレフィ。

俺は、彼女の身体を片腕で掻《か》き抱《いだ》き、皆へと声を張り上げる。

「──さ、諸々《もろもろ》の用事は済んだことだし、遊ぶぞ！　レイラ君、楽しいところに案内してくれたまえ！」

「ええ、畏《かしこ》まりましたー。そうですねー……では、場所も近いですし、発掘体験のところへ遊びに行きましょうかー」

「お、楽しそうだな！　よーし、お前ら、我々は今から、遥《はる》かなる過去を探究する、歴史の冒険家となるのだ！」

「「おー！」」

「……おー」

◇　◇　◇

そんなこんなでやって来たのは、里の近くにある、何かの遺跡っぽいところだった。

厳《いか》めしい建造物の周囲に足場が組まれ、仮設テントや大掛かりな工具類なども置かれており、前世のドキュメンタリーで見たことのある、エジプトとかの発掘現場っぽい感じだ。

非常に本格的な様子である。

「うわー！　遺跡だー！　かっこいい！」

「こーこがくロマンだ！」

「……ん、ロマンがある」

幼女達とレイス娘達が、眼前の光景に目を輝かせる。

「おぉ、すごいな。というか、こんなところ入って大丈夫なのか？」

「えぇ、実はここ、遺跡の発掘と、その歴史の探究自体は相当前に終わっていましてー。記録も取り終わったので、もう私達がこの遺跡に興味を持つことはないのですが、せっかくだから観光名所にしようとそれっぽい雰囲気で残しているのですよー」

あ、そ、そう。

そういう裏事情なのか。

すごいね、君の種族。

「儂らはすでに幾つか見ておるから知っておるが……此奴《こやつ》らの種族、結構強《したた》かじゃぞ。流石《さすが》レイラを生み出した種族って感じじゃ」

「すごいっすよー、聞いていた噂《うわさ》通りの種族っす！」

「あはは、しっかりした種族なんだねぇ」

そうか……レイラの一族が、皆相当頭が良いだろうことは想像に難くないが、多分それが全《すべ》ての分野で発揮されてるんだろうな。

金儲《かねもう》けにおいても、もう本気で金を搾り取るために頭脳を働かせており、それがこれだけの本格的施設になっている訳だ。

妥協がないのだろう、彼女らには。

やはり恐るべし、羊角の一族。

「それでレイラ、ここはどういう施設なんだ？」

「レイラおねえちゃん、どういうところなの⁉」

「はい、その看板が建っている範囲内に、実際に遺物が埋められていますので、道具を使ってそれを掘る体験が出来ますー。遺物は色々埋まっていますので、時間一杯掛けてたくさん探してみてくださいねー」

そうして、近くの更衣室で汚して良い恰好《かっこう》に着替えた俺達は、レイラが持って来てくれた発掘道具をそれぞれ受け取り、使い方の簡単なレクチャーを受けた後、さっそく発掘現場の中へと足を踏み入れる。

ちなみに、雰囲気を出すために、着替えた服は皆冒険家セットだ。

こういうのは全力で楽しまないといけないからな！

「それじゃあ、やるぞ、お前らー！　ケガだけしないようになー」

「はーい！　あっ、ここ何かある！」

「はやっ」

その場にしゃがみ込み、何となくで土を掘ってみたらしいイルーナは、秒で何かを発見したようだ。

土の中から、何やらメダルっぽいものを掘り出すと、トトト、とレイラのところまで持って行く。

「レイラおねえちゃん、これなあに～？」

「あら、それは当たり遺物ですねー。確か、埋められている物の中では上から三番目の品だったかとー」

ここでは、宝探しを楽しんでもらうために、遺物にランクを設けており、本当に価値のあるものからただの記念品相当のまで色々埋まっているらしい。

まあ、価値があると言っても流石にお土産程度のものではあるようだし、記念品とて、実際にそれを見つけられたら子供らは結構嬉しいだろうな。

何でも、実際にどこかしらで発掘された小物を使っているそうで、ただすでにどういうものかを解明し終えているため、記録だけ取った後にここの景品として使っているらしい。

本当に、彼女らは知識の探求だけが目的であり、貴重だからと手元に残しておくような収集欲はあんまりないのだろう。

文化の違い、というものか。

「ホント～？　やったぁ！」

「イルーナ、すごーい！」

「……むむ、負けない」

両手で万歳するイルーナを見て、幼女達とレイス娘達はやる気が漲《みなぎ》ってきたらしく、頑張って発掘作業を始める。

……というか、一発目でそれか。

流石、我が家でネルに次いで運の良い幼女である。

「これは私が綺麗《きれい》にしておきますから、イルーナちゃんは発掘に戻っていいですよー」

「ありがと、レイラおねえちゃん！　いっぱい見つけてくるね！」

「あれ、レイラは、参加しないの？」

イルーナが持ってきたメダルを研磨し始めたレイラに、ネルが不思議そうに問い掛ける。

「ええ、私は、立場としては職員側の者ですからー。羊角の一族の者は大体この辺りの施設を熟知していまして、物を埋めている位置も大方わかってしまうのでー……」

「……そっか、悪いな、レイラ」

「いえいえ、こう見えても、私も本当に楽しんでいるんですよー？　皆さんがこの里を満喫してくれていることこそが、何より嬉しいですからー」

にこにこしながら、そう答えるレイラ。

「……ん、なら、存分に楽しませてもらおうか！　よし、考古学者レフィ君。ゲットした遺物の価値で勝負しようじゃないか。負けたら……」

「負けたら、この後一日荷物持ち――は、微妙じゃな。お主が出したぽーちがあるし」

「せやな」

俺が持っているアイテムボックスは勿論のこと、空間魔法の掛けられたポーチをウチの面々は皆持っているので、余程大きい物を買うとかならともかく、特に罰ゲームにはならないだろう。

「もー、二人はいっつもそういうの考えるんだから。普通に楽しめばいいのに」

「そうっすよ、ご主人達。イルーナちゃん達を見習って純粋に楽しめばいいんす。二人が何かを考え出すと、ウチらもそれに巻き込まれる可能性が高いし」

「間違いないね」

「何を言う！　本気で楽しむなら、真剣勝負は付き物だ！　という訳なので、君達にも参加してもらおう」

「うむ、偶《たま》には良いことを言うではないか！　真剣に勝負してこそ、遊びは楽しめるというもの。判定はレイラに行ってもらうとして……そうじゃのう、では最下位の者は、個人用の財布で他の者に奢《おご》りとしよう！」

今回の旅行に当たり、こういう遊びや飯に掛かる金は別として、個々人に財布を渡してある。

そこから、何か個人的に欲しいものがあったりすると買う訳だ。

こういうところで、我が家の面々は結構性格が出る。

イルーナなんかは、やっぱりしっかりとしているので、欲しいものとそうじゃないものを厳選して買えるのだが、シィとかはそういうところで普通に子供なので、ちょっとキラキラしたようなものや、良さげなアクセサリーを見つけては買おうかどうかで悩み、レフィやネルに諭される様子をすでに数回見ている。

エンはもう、延々と食い物だ。彼女は無限の胃袋をしているので、興味を抱いたら何でも買って食べている。

レイス娘達は、正直彼女らがどういうものに興味を持つのか俺も気になったので、道中様子を見ていたが、どうやら人形類を幾つか買ったようだ。

それ以外には特に興味を示していなかった様子を見るに、やはり彼女らはあんまりそういうところに物欲は働かず、気になるのは自分達の憑依《ひょうい》先となる人形くらいなのだろう。

大人組は、エンと同じくほぼ食い物——あ、いや、ネルだけは、なんかの武器買ってたな。

アイツ、武器収集癖があるもんで、なんかちょっと珍しいものを見つけると、噛《か》り付いてしまうのだ。

ネルは「武器の輝きが、僕を掴《つか》んで放さないんだ……！」とかカッコつけて言っていたが、お前それ、シィが「このかがやきが、シィのこころをつかんではなさないノ……！」っておもちゃに噛り付いてる時と一緒だからな？

しかも、シィとは比べ物にならない程高いものを買おうとするし。

多分、我が家で最も金遣いが荒いのは、ネルだろう。

国では全然、金なんて使っていないそうなんだがな。そっちではもう、気に入るものが見つからなくなったのだろうか。

ちなみに、俺の持っている魔界の通貨は、以前魔界にて、魔界王の仕事を手伝った時に貰《もら》っていたものがほとんどだ。

使い道もなく死蔵していたが、残しておいてよかったな。

仮に心許《こころもと》なくなって来ても、この里にも魔物の買取所があるそうなので、俺のアイテムボックスに入っている、魔境の森の珍しい魔物の肉体でも売れば金に困ることはないだろう。

というか、後で幾つか寄贈しようと思っている。この里とは、仲良くやれたら嬉《うれ》しいしな。

「妥当な条件だ、レフィ！　よし、それで行こう」

「しょうがないなぁ、それじゃあ頑張ろうか、リュー。――って、うん？　これが遺物かな？　レイラ、これ何かな？」

「あら、やりますねー、ネル。それは確か、この中で一番高い遺物ですよー」

「え～⁉︎　ネルおねえちゃん、さっすがー！」

「うワー、すっごい！」

「……強者《つわもの》の風格」

「ぬっ、こ、これはまずいのう……！」

「し、しまった。そう言えばネルには、勇者の豪運があったか……！　つか俺、こういう運の絡む勝負で勝ったことは……えー、ネルさん。今からチーム戦というのは――」

「リューとならいいけど、おにーさんとレフィはダメ。という訳でリュー、今からチーム組もっか！」

「ありがたいっす、ネルが一緒なら、百人力っす！」

「……ユキ、儂《わし》はお主とは組まんから、一人で頑張るがよい」

「あっ、お、お前、俺を切り離しにかかったな⁉」

「勝負とは非情なもの。諦《あきら》めることじゃ……」

――そうして、一時間くらい熱中した発掘体験は、最終的にそれぞれ一個ずつは発掘することが出来たので、十分に楽しむことが出来たと言えるだろう。

あと、敗者は俺だった。

……わ、我が家の皆が楽しんでいる様子が見られたので、それでプラスマイナスゼロ、いやむしろプラスだったはずだ。

うん、そうなのだ。

……運の絡むもので勝負をしたのは、完全に失敗だったな。

墓穴を掘ったか……。

◇　◇　◇

エルドガリアは、自室でコーヒーを飲みながら、思案する。

——里にいた頃《ころ》、自身の一番弟子であるレイラは、それはもう困った子供であった。

研究を生業《なりわい》とする羊角の一族の中でも、とりわけ知識に対する欲求が強く、そして能力においても非常に高いものを有していたからだ。

里の最高権威である『導師』達を、次々と質問攻めにし、飽くなき知識の探求を続ける幼き少女。

まあ、導師達が面白がって色々教え込み、それが理由で研究にのめり込むようになったことは確かだが、元々彼女の中に、只人《ただびと》とは一線を画す好奇心が存在したことは間違いないだろう。

弟子として様々なことを教え、長く共に過ごしたために、そのことは誰《だれ》よりも知っている。

弟子が優秀であることは、勿論《もちろん》誇らしい。

導師達の半分も生きていない幼き子供が、彼らと交じって意見を交換している様子は、師としても鼻が高いと思う面があったことは否めない。

才能の世界に歳《とし》は関係ないとは言え、やはり彼女は、別格だったのだ。

ただ——些《いささ》かレイラは、知への欲求に傾き過ぎていた。

まず第一に好奇心が存在し、それ以外のことを一線の下に見ている面があったのだ。

人生の全《すべ》てを、知識の探求に捧《ささ》げる。

その在り方は、羊角の一族らしいと言えばらしいが、しかしヒトの生き方から少し外れていることは間違いない。

いや、別に、それは悪いことではない。

幸せの定義、生き方などは本人自身が定めることであり、他者がとやかく言うだけ無駄だ。

全く以て意味がなく、そこに干渉するのは余計なお節介というものである。

しかし……知識の探求者として長い生を歩んで来たエルドガリアは、その辛《つら》さもまた、よく知っているのだ。

知識を追い求める道は、ひたすらに孤独だ。

他者の助けは存在せず、ただ己と世界との戦いに没頭する日々。

それを人生の中心に据えて生きるということは、たとえ本人が望んだものであったとしても辛いものがあるのだ。

やがて弟子は、魔界において最も知識の収集が進んでいる里の中ですら満足することが出来なくなり、外へと飛び出した。

いつかはこうなるであろうことを察していたため、外に出ても暮らしていけるであろう知識は授けていたが……だから、正直、帰って来たのも驚きだった。

彼女は、里に飽いたから外へと出たのだ。

故に、もしかするともう二度とここへは戻って来ないかもしれないとすら思っていた。

悲しくはあるものの、それもまた彼女の人生であると考えていたのだが――そうして自らの弟子が里帰りして来た時、エルドガリアは大きな衝撃を受けていた。

知識の探求をするあまり、どこか浮世離れしているような一面を持っていた弟子が、地に足が着いた様子で、落ち着いた姿を見せていたからだ。

その変わりようは、久しぶりに二人だけで深く話した時に、よくわかった。

まず初めに、自身と離れてからの研究成果でも話すのかと思いきや、魔王の迷宮での面白おかしい出来事や、日々の落ち着いた生活、魔王と覇龍の仲の良さ、大事な友人達のことなどを話し始めたからだ。

——そう、彼女は、温《ぬく》もりを知るようになっていた。

まあ、相変わらずその身には疼《うず》き続ける好奇心が存在していたが、それと同等の大切なものが、彼女の中には確かに生まれていたのだ。

気付かれてはいなかったと思うが……弟子の良い変化の具合に、少し涙腺《るいせん》が緩んでしまったものである。

全く、歳を取ると涙脆《もろ》くなるのが厄介なところだ。

里にいた頃、妹分であるエミューの面倒をよく見てあげていたことは知っているので、元々彼女に世話焼きな一面があることはわかっていたが、その性格が強く表に出るようになっていた。

そうやって皆のために尽くし、喜んでもらえることに、幸せを感じるようになっていたのだ。

つまりは、他者への『愛』である。

どうやら、里の外に出て別の価値観に触れることで、彼女が持つ価値観もまた大きな変化を迎えたらしい。

確かに、弟子が共に暮らしている面々は、非常に特異な顔触れだったが……重要なのは、『心』だ。

あれだけ弟子が変わっていたのだ、ならば彼らの『心』は、本当に綺麗なものだったのだろう。

自身の弟子は、良い者達と知り合うことが出来たのだ。

――魔王と、あの女の子達には、感謝しなきゃね。

良い気分でコーヒーを味わっていると、同じ部屋にいるもう一人の弟子、エミューが愚痴を漏らす。

「うぅ……みんなと遊びたいです」

「アンタ、数日は大目に見てやってたんだ。今日一日くらいは我慢して課題をやりな」

「こんな課題、面倒なだけで意味ないです！　この辺りの暗記事項なんて、とっくに覚えたです！

ハァ、師匠が出すものだったら、面白いからやりがいもあるけれど……」

「お、つまりアタシの出す課題がやりたいってことかい？　嬉しいねぇ、それじゃあアンタのために、このババアが新しく幾つか考えておこうか」

「あああ、墓穴を掘ったです！　違うです、考えなくていいです！」

「遠慮しなくてもいいんだよ、可愛《かわい》い弟子のためさね。幾らでも作ってやろうじゃないか」

すると我が弟子は、怒ったように両腕を振り上げる。

「やっぱり師匠はクソババアです！」

「カカカ、よくわかってるじゃないか。――さ、そのクソババアが見ていてやるから、頑張んな。早く終わらせたら、遊びに行っても何も言わないからさ」

からからと笑いながらそう言うと、エミューはうじうじ言いながらも再度課題を進め始める。

この二番弟子は、レイラと比べて口数が多いが、しかし同じように優秀だ。

数日分の課題ではあるのだが、きっと本気で当たれば二時間もせずに終わらせられることだろう。

――未来、か。

もう少しすれば、客人達は帰るという話だが……一番弟子に子供が出来たら、遊びに行ってみるのも面白いかもしれない。

その頃は、無垢《むく》で可愛いこの二番弟子も、もう少し成長しているだろうから、連れて行くことにしよう。

レイラの赤子を見て、レイラのように世話焼きになるかもしれない。

「……フフ」

「？　どうしたです？」

不思議そうにこちらを見るエミューに、エルドガリアは「何でもないよ」と手をヒラヒラ振る。

もうすでに、それなりに生きたつもりでいたが、まさかまだまだ、これだけの楽しみが生まれるとは。

いや……年老いた今こそ、人生を最も楽しんでいるかもしれない。

――長生きはしてみるもんさね。

エルドガリアは、一人、愉快げに笑った。

◇　◇　◇

夕方。

「へへん、ウチが本気でやれば、あんな課題なんて速攻で終わっちゃうのです！」

泊まっている宿のレストランにて、俺達と合流したエミューが、そう言って胸を張る。

「おー、すごいねー！　シィ、おべんきょーしてると、ねむくなっちゃうから、そんなすぐにやれないヨ。とくに、さんすうはごうもんだよ」

「レイラおねえちゃん、とっても聞き心地の良いお声だから、ご飯食べた後の授業になると、確かに眠くなっちゃうよねー」

「……エミューは、何が好き？」

「ウチは、魔術関連が一番好きですね！　まるでパズルを解き明かすみたいで、とっても面白いです！」

「あ、わかるわかる！　しかも、それで自分も使えるようになった時は、思わず『おぉ！』って声が漏れちゃうよ」

「まじゅつもな～、さんすうみたいで、あたまがパーン！　ってなっちゃいそうだからな～」

「……言っておくけど、算数や魔術以外も、シィは勉強全般がそう」

「あっ、エンちゃん、それはシーッだよ！　まだ、エミューちゃんにはバレてないんだから！」

「うーん、残念だけど、シィ、もう遅いかも」

「あ、あー……ま、まあ、勉強が出来ることが全《すべ》てじゃないですから！　シィちゃんは一緒にいると面白くて可愛いから、それでいいと思うです！」

「ホント～？　ありがと、エミューちゃん！」

　夕飯の料理待ちの間、隣のテーブルの幼女達がワイワイと騒いでいる横で、エミューと一緒に来たお師匠さんが口を開く。

「悪いね、エミューと一緒に、ご相伴に与《あずか》らせてもらっちゃって」

「いやいや、むしろお師匠さん達なら、俺らがこっちにいる間はずっと一緒にいてくれても良いくらいだ。ウチの子らも無限に楽しそうだしな」

「うむ。童女どもにとって、お主らと出会い、この里で過ごした日々は、どれだけ経《た》っても色褪《いろあ》せない良い思い出になることじゃろう。無論、儂らにとってもな」

「お師匠さん、お師匠さん、ウチ、レイラの小さい頃の話とか聞きたいっす！　昔のレイラは、どんな子だったんすか？」

「あ、僕も聞きたいです！」

「ふむ、儂も気になるのう」

「レイラの昔かい？　いいよ、話してやろうじゃないか」

「ちょ、ちょっと、もー、師匠ー……」

頬《ほお》に手を当て、恥ずかしそうな顔をするレイラ。

恥ずかしがるレイラとか、超レアな姿である。可愛い。

「フフ、この子はね、初めて会った頃から、それはもう強い探求心を瞳《ひとみ》に見せていたものさ。頭の回転が速く、受け答えも歳《とし》に見合わぬ程しっかりしていて。里の導師達が、この子に付き合わされてヘトヘトになっている様子を、もう何度見たことか」

「そ、そこまではしてないですよー。ちょ、ちょっと色々、質問しただけでー」

「そうかい。アンタのちょっとと、アタシらのちょっとは大幅に違うようだね」

んー、その時の様子が、簡単に脳裏に浮かびますねぇ。

「レイラは、やっぱ昔から頭が良かったのか」

「あぁ、いわゆる『神童』と呼ばれる類の子供であったことは間違いないさね。あと、面倒見は昔から良かったよ。だからか、歳下の子にはよく好かれてたね」

「へぇ～！　じゃあ、レイラは昔からレイラって感じだったんすか！　今とそんなに変わらない感じだったんすねぇ」

そのリューの言葉に、だがお師匠さんは首を横に振る。

「いいや、それは違うさ。レイラは変わったよ。この子のことを知っている者が見れば、一発でわかる程に、さ。アンタ達と出会えたことで、この子の価値観は大幅に変化したんだ」

「……師匠には、やっぱり、お見通しだったのですねー」

「そりゃあ、アンタをそこまで育てたのはアタシだからね。それくらいわかるさ。ま、エミューもよく気付いていたようだけれど」

ニヤリと笑みを浮かべるお師匠さんに、レイラは少し照れたような、はにかむような顔をする。

……何か、彼女らの間で、通じるものがあったようだ。

「昔のアンタは、好奇心が全ての中心にあった。何をしている時でも頭の中では常に研究のことを考えていたし、それ以外のことは一つ下に置いていた。今のアンタには、その好奇心と並ぶものが存在している。まだまだアンタ自身、その正体に戸惑いを覚えているが、以前にはなかったものが、アンタの中に今、確かにあるのさ」

レイラを相手にそう語った後、お師匠さんは次に、俺達の方に顔を向ける。

「だから……アンタらには、私は本当に感謝しているんだ。この子をここまで変えてくれて、良きものをこの子に与えてくれて。この子と、共に生きてくれて、本当に――ありがとう。色々と至らない弟子ではあるが、どうか、末永くこの子と仲良くやっておくれ」

まるで我が事であるかのように、お師匠さんは嬉《うれ》しそうな微笑《ほほえ》みを浮かべる。

「はは、レイラで色々至らないんだったら、俺らなんてどうしようもないモンさ。ウチで一番しっかりしているのがレイラだしな。むしろ俺達の方が、一緒にいてほしいって懇願する側さ」

「うむ、エルドガリアよ。儂《わし》らはもう、此奴《こやつ》のことも身内じゃと思うておる。そこは、心配せんで良いぞ」

「そうっすよ、お師匠さん！　レイラはウチの一番の親友で、家族っすから！」

「ん、僕も同じ気持ちです！　おにーさんも言っていたけれど、むしろこっちから、ずっと仲良くしていてほしいって思う感じですよ」

「そうかい……ありがとうね。この子に良い家族が出来たようで、このババアは、安心するばかりだよ」

そんな俺達の横で、レイラは何も言えずに照れくさそうに頬を染め、だがお師匠さんと同じような、嬉しそうな顔をしていた。

——と、その時、俺達が食事中は暇なため外に散歩に出ていたレイス娘達が、ふよふよと浮かんで俺のところまでやって来る。

「お、どうした、お前ら？」

そう問い掛けると、三人が「もらったー！」と言いたげに、魔力で出来ているらしいお菓子を俺へと見せる。

どうやら、外で羊角の一族の女性達に貰《もら》ったようだ。

「そっか、良かったな。ちゃんとお礼は言ったか？」

こくこくと頷《うなず》き、「身体《からだ》がどうなってるか見たいって言うから、お礼にいっぱいすり抜けてあげたの！」と意思を伝えてくるレイス娘達。

すり抜けるってのは……霊体の身体を活《い》かして、色々見せてあげたのか。

なるほど、研究データを取られた訳ですね、わかります。

俺にそれだけ報告すると、彼女らは楽しそうにくるくると回って、再び外へと出て行った。

「あー……何か失礼があったら言っておくれよ。アタシから伝えておくから。ウチの一族は、そういうところで遠慮なんか一切しないからね」

「俺に神杖を押し付けた時みたいにか？」

「さあ、何のことかわからないね」

しれっとそう答える彼女に、俺は苦笑を溢す。

「師匠、もしかしてユキさんに、何か無茶を言ったんですかー？」

「アタシらじゃあ、解明出来そうもないものを託させてもらってね。ババアの頼みを聞いてもらったんだ」

「もー、強引なんですからー。すみません、ユキさんー」

俺が何とも言えない曖昧《あいまい》な笑みを浮かべていると、レフィが口を開く。

「カカ、この阿呆《あほう》で役に立つことがあるのなら、扱《こ》き使ってくれて構わん。この里で、とても良くしてもらっておるしの。そんなことで恩返し出来るのならば、安いものじゃ」

「レフィさん、その通りではあるんですが、それはあなたが言うことではなく、私のセリフだと思うんですよねぇ」

「お主は儂の旦那《だんな》じゃろう？　ならば旦那の権利は、妻の権利でもあるという訳じゃ」

「なかなか暴論を言い放ちやがったぞ、コイツ」

そう談笑していると、俺達のところに料理が運ばれて来る。

美味《うま》そうな料理に、隣のテーブルの幼女達が歓声をあげる。

「うわー、美味《おい》しそう！」

「ご馳走《ちそう》です！　楽しみです！」

「みてるだけで、よだれがでてきちゃう！」

「……主」

「はいはい。それじゃあ――いただきます」

『いただきます』

手を合わせてそう言ったウチの面々の様子に、興味深そうな顔をするお師匠さんとエミュー。

「いただきます、です？」

「お、アンタのところの食前の祈りかい？」

「そんなところだ。――ん、美味い！　いや、ホントに、この里の料理は美味いな。バリエーションも豊かだし」

道中幾つか買い食いをして気付いたことだが、羊角の一族の里は、食文化も豊かなのだ。

この世界だと、地方料理となると結構偏りがちで、同じ食材を使った、同じ系統のものばかりになることが多い。

当然と言っちゃ、当然だろう。

里の外に出たら、そのまま死ぬ可能性もゼロではない危険な世界であるため、その地方で用意出来ない食材は全《すべ》て高級食材なのだ。

魔物、盗賊、対立している種族。存在する危険を数えたら、キリがないくらいである。

なので、食文化が豊かということは、裕福であることの証《あかし》に他ならず、この里が外と比べて富んでいることも間違いないだろうが……それにしても多いかもしれない。

前世並、というのは大袈裟《おおげさ》かもしれないが、それくらい食い物が色々とあるのだ。

「あぁ、ウチの里の自慢の一つさね。ウチで飼育、栽培されていなかった食材のデータを細かに取ってきて、里内部だけでも供給出来るようにしているのさ。昔、この里の一族の者に、食に全てを懸けた偉人がいてね。その彼女のおかげで食に関する研究基盤が高いレベルで完成し、今でも着々と収集、研究が進んでいるんだよ」

「へぇ……すごいな。そうか、レイラが料理上手なのも、もしかすると里の食文化のレベルが高いから、ってのもあるのか」

「えぇ、まあ、家事など全然しない師匠の代わりに、私が料理などはしていましたので一。この里の技術を、自然と覚えた、というのはあるかもしれないですねー」

「なるほどのう、やはり原点というものが存在する訳か」

「かっこいい一族っすねぇ！　何事にも、真剣で、本気って感じで！」

「ホントにね。僕も、羊角の一族みたいな生き方をしたいものだよ」

思わず、感嘆の声を漏らす俺達。

「フフ、アタシらは妥協が出来ない一族なんだよ。魔術の神髄を求めるのならば、人生を懸けて追い求め、同じように料理の神髄を求めるのならば、やっぱり人生を懸けて研究し続けるのさ。ま、変人の一族ってだけさね」

「そうですねー。私達の種族が、大分変わってることは否めないですねー。昔からずっとこうして生きてきたから、特殊な価値観が普遍的なものとして根付いてしまっているのでしょうねー」

「アタシら自身、何故《なぜ》羊角の一族がこうなったか、という点に疑問を覚えるくらいさ」

笑って、そう話すお師匠さんとレイラ。

その種族が、どうしてそのようになったか。

好奇心が旺盛《おうせい》な彼女らならば、自らのルーツに関しても、やはり疑問を覚え、探求するのだろう。

「カカ、じゃが、何かを為《な》す者、変革をもたらす者、前へと進む者というのは、やはりそういう異なる価値観を持つ者達なのじゃろうな。うちの旦那を見ているとよく思うことじゃが、他者と価値観の異なる者程、他者には思い付けない突拍子もないことをするし、他者に出来ないことをするのじゃろうな」

「そうだねぇ……僕も仕事柄、色んな人と出会ったことがあるけれど、やっぱりちょっと変わった人程、そういう傾向があるよね。おにーさんとか、なんかもう謎に色々肩書が増えて、謎に権力者になってるけど……でも『おにーさんだから』って理由で納得しちゃうし」

「遠回しに俺が変人とディスられた気がするが、誉《ほ》め言葉として受け取っておきましょう。まあ、俺は魔王だからな！　既存の価値観などに縛られることなく、常に道なき道を進んでいくのだ！」

「道なき道を行くのは良いが、行き止まりの崖《がけ》からは落ちんでほしいものじゃの。此奴、脇《わき》が甘く阿呆じゃから、見ていてそこだけ不安になるわ」

「勿論《もちろん》僕らは、出来る限りでおにーさんを支えていくつもりだけど、でもレフィの言う通り、おにーさん自身も気を付けないとダメだよ？　世の中危ないことなんて、色々あるんだから」

「だ、大丈夫っすよ、ご主人！　どんなになっても、ウチらはご主人に付いて行くっすからね！」

「そうですねー……ユキさんのことを考えると、私ももっと支えになれるよう、努力しないとですねー」

「あの、君達。冷静に返すの、やめてもらえます？　悲しくなるんで」

そんな俺達のやり取りを見て、お師匠さんは大笑いしていた。

晩餐《ばんさん》は、続く――。

◇　◇　◇

楽しい日々は、あっという間に過ぎていった。

遊び、見学し、学ぶ。

心地《ここち》の良い疲れを感じながら、美味しいものを食べ、温泉に入り、そして眠る。

幼女達だけをどこかに遊びに行かせた時などは、エルドガリア女史以外の導師方に挨拶《あいさつ》したり、ちょっと本格的な魔術の授業を受けてみたり。

羊角の一族の里は、本当に楽しく、思っていた以上に長居してしまったが……帰りの日は訪れる。

「うぅ……みんな、絶対また来てほしいです！」

ちょっと泣きそうになっているのは、レイラの妹分であるエミュー。

「うん、絶対また会おうね！」

「おともだちになったからね、またいっぱいあそぼうネ！」

「……この里は楽しかった。きっと、再び訪れる機会はある」

エンの言葉の次に、レイス娘達が別れを惜しむように、エミューの周りをクルクルと回る。

その幼女達の隣では、レイラと彼女の師匠であるエルドガリア女史が顔を見合わせていた。

「レイラよ。これから長い時間を掛けて、アンタの中の感情を探っていきなさい。それもまた探求の一つさね。アンタ自身のことも、学問として落とし込みゃあ、その好奇心も疼《うず》くだろうさ」

「……はい、お師匠様ー。あなたの弟子として、しかと自分自身のことに決着をつけて参りますねー」

「あぁ、次に会った時の、アンタの研究報告を楽しみにしておくよ」

そうして彼女らが別れの言葉を交わしている横で、俺はレフィへと口を開く。

「レフィ、俺、ちょっと魔界王んところに用事が出来たから、先に帰っててくれ。ペットどもの様子を見といてくんねぇか？」

「む、わかった、任せよ。何か豪華な餌でも食わせておこう」

「頼むよ、留守を完全に任せきっちまったからな。しっかり労《ねぎら》ってやっといてくれ」

俺達の言葉を聞き、イルーナがニコニコ顔で言う。

「帰ったら、リル達にいっぱいモフモフしたいねー！」

「モフモフ、さいこーだもんネ！」

「……オロチのツルツルも、最高」

と、先程まで泣き出しそうだったエミューが、今度は少し好奇心を覗《のぞ》かせた顔で、不思議そうに首を傾《かし》げる。

「イルーナ達は、ペットを飼ってるです？」

「そうなの！　あのねあのね、犬と猫と、鳥とヘビと水玉！」

「水玉？　……へぇ～、いっぱい飼ってるんですねぇ！　お世話が大変そうです」

「ううん、実はそうでもないの！　あの子達はね、賢いから自分で餌も取るんだよ！」

「かしこいよー！　たぶん、シィよりかしこい！」

シィの言葉に同意するように、レイス娘達がうんうんと首を縦に振る。

あの、君達……我が家のペット連中が非常に賢いことは確かだが、そう聞くと何だか悲しくなる部分があるので、言うのをやめようね。

思わず苦笑を溢していると、シィの次にエンが口を開く。

「……ん。特にリル――犬のペットは、本当に頭が良い。私達の言葉は、普通に理解出来る。だから今度、将棋を教えようと思う」

「ショーギ、です？」

「……ボードゲームの一種。とても面白い」

「！　ヒト種でなくとも、知能の高い種はこの世にいっぱいいますが、そのペットはボードゲームを理解出来る程に賢いのですか！　すごいです！　研究したいくらい！」

感心した様子のエミューに、ポツリとレイラが呟《つぶや》く。

「……今、エミューの頭の中で、リル君の姿が大変なことになってそうですねー」

「黙って聞いていたが……あの子らの言っているペットってのは、魔王がローガルド帝国で暴れさせていた眷属《けんぞく》達のことだろう？　そりゃあもう、賢いことは賢いんだろうが……」

何とも言えない顔で、そう言うお師匠さん。

そういやこの人は、例の戦争で俺のペットどもを見てたか。

アイツらは、あれでいて可愛《かわい》いヤツらなんですよ、お師匠さん。

「とりあえずエミューには、我が愛するペットの名誉のために、犬ではなく狼《おおかみ》だということだけは教えておいてあげようか」

「おにーさん、この会話をリル君が聞いたら、きっとちょっと悲し気な瞳《ひとみ》で、『いや、そういう問題じゃ……』って言うと思うよ」

「あはは、そうっすね。リル様はそんな感じっすね」

「こう、何と言うか……やっぱり彼奴《あやつ》は、不憫《ふびん》じゃのう」

そんな冗談を一通り言い合った後には、若干湿っぽかった空気は完全に吹き飛んでおり、我が家の女性陣は笑って『ダンジョン帰還装置』を起動し、帰って行った。

◇　◇　◇

俺もまたお師匠さんとエミューの二人に別れを告げ、羊角の一族の里を出た後、飛んで魔界へと向かう。

一人で飛ぶのも、何だか随分と久しぶりな感じがする。

ここんところは、ずっと誰《だれ》かと一緒にいたからな。

そう、エンも先に帰してしまったので、本当に一人である。

珍しいとすら言えるこの時間で、俺が考えるのは、変化した環境のこと。

レフィのこと。

レイラのこと。

子供のこと。

これからの全《すべ》てのこと。

全ては、瞬く間に変化していく。

現時点でも目まぐるしいものだが、きっとここからの変化は、さらに劇的になることだろう。

俺達自身のこともそうだが、それを取り巻く『外』の環境もまた、現在刻々と変貌《へんぼう》を遂げているからだ。

恐らくだが、今は歴史の転換点だ。

後世にて、歴史書にでも刻まれ、受験生がぐちぐちと言いながら覚えるような、重要な時期に差し掛かっていると思われる。

我が家の者達のためにも、俺は、この流れに身を投じる必要があるだろう。

流れに身を投じ、濁流に押し流されず、前へ前へと進んでいかなければならないのだ。

――エルドガリア女史と二人で話していた際、一つ、胸に重く来た言葉があった。

それは、『一家の大黒柱』という言葉。

そうなのだ。

これから俺は、その心構えを持っておかないといけない。

みっともなくとも、大黒柱として、格好つけなければならない。

別に威厳なんざを求めている訳じゃないが、それでも、今まで以上に踏ん張らねばならないことは増えるだろう。

きっと、どこの父親も、そうやって子供のために足掻《あが》き、苦労し、やがて『本物』になっていくのだろう。

俺にも、男として、その時期がやって来たのだ。

……誰か、子持ちの男の知人に、子育てノウハウでも聞いてみるか。

……アーリシア国王だな。あの人が良さそうだ。

うむ、魔界から帰ったら、次に彼のところへ訪れてみることにしよう。

そうして、これからのことを考えながら大体丸一日程飛び続けると、ついこの前も訪れた魔界王都『レージギヘッグ』の街並みが見えてくる。

アポも何も取っていないが、とりあえず割と行き慣れてしまった魔界城までそのまま飛んで向かい――すると、下から兵士らしき誰かがこちらに飛んでくる。

「止まりなさい、そこの魔族！　ここは飛行禁止――って、ユキ殿？」

「お、ハロリアか！　久しぶりだな！」

俺を止めに来たのは、知っている顔の女性。

魔界王直属の近衛《このえ》隠密《おんみつ》兵、ハロリア＝レイロート。

以前、俺が初めて魔界に来るきっかけを作った、魔界王都までの道案内をしてくれた女性だ。

「フフ、お久しぶりです、ユキ殿！　と言っても、私の方はあなたの活躍を見ていましたので、そこまで久しぶりな感じはしませんがね」

「活躍？」

「例の大戦ですよ。裏で情報収集要員として、私も参加していましたから。——それより、ユキ殿は魔界王様にご用が？」

「あぁ、ちょっと前に会ったばっかだが、また一つ用事が出来たから、話がしたいと思ってさ。悪いんだが、連絡を取ってくれないか？」

「了解しました、お任せください。あなたならば、魔界王様もすぐにお会いになられるかと」

◇　◇　◇

「ユキ君、どうしたんだい？　何か、用があるとのことだったけれど……」

謁見《えっけん》の間にて、不思議そうな顔をする魔界王。

ハロリアのおかげで、俺はその日の内に魔界王との面会が出来ていた。

「悪いな、今度は完全にこっちの事情だ。ちょっと、アンタに相談したいことがあって」

「ふむ？　君が相談ごとか、珍しいね。聞かせてくれるかい」

「実は、嫁さんが妊娠したんだ」

俺の言葉に、彼は驚いたような顔をした後、ニコニコと笑みを浮かべる。

「！　それはおめでとうだね。君は複数人お嫁さんがいたと思うけれど、どのお嫁さんだい？」

「覇龍の嫁さんだ。――相談ごとっつーのは、これだ。他種族同士においての妊娠っつーのは、難しいって話を羊角の一族の里で聞いたんだ」

彼は俺の言いたいことを理解したようで、いつもの笑みを引っ込め、真面目《まじめ》な顔になる。

「……そうだね。一般的に言って、同種族同士の子供よりも死産の確率が高くなる。ましてや魔王と覇龍の子供となると、正直どんなことになるのか、想像は全く付かないね」

「あぁ、だから魔界王と話がしたかったんだ。アンタなら、腕の良い医者も多分知ってるだろ？　それを紹介してほしいと思ってさ。勿論《もちろん》、その分何かしらの働きはしよう」

「君には色々と借りがあるし、特にそういうのがなくても紹介するけど……」

「いや、これは気持ちの問題だ。俺は嫁さんの問題が他の全てのことよりも重いと思ってる。だから、それと釣り合いを取ろうと思ったら、多少の貸し程度じゃあダメだ。……というか、アンタに貸しがあるとも俺は思ってないしな」

戦争関連でちょっとあったが……あれは、別の形で清算してもらってるしな。

俺の言葉に、彼は微笑《ほほえ》ましそうに笑う。

「フフ、わかった。それじゃあ一つ、お仕事をお願いしようかな。……ちょうど良く、困った問題もあることだし」

「問題？」

魔界王は、真剣な顔で頷《うなず》く。

「うん、君の勇者の奥さんが僕に挨拶に来たのも、実はその関係だったりするんだ。——他種族同士の同盟にね、少し厄介な問題が出て来てる」

「……どこかの種族同士が、険悪になってたりすんのか？」

そういう問題が出て来るであろう可能性は、彼らは重々理解していたはずだし、その対策も打っていると聞いていたが……それでも、やっぱり多少は出て来てしまうのか。

「いや、そこまでではないんだ。全体的には上手《うま》くやれていて、交流も穏やかに進んでる。ただ……『人間至上主義』的価値観が、ここのところ急激に人間達の間で醸成されているって報告が、アーリシア王国のレイド国王から入ってね」

……なるほど、そういう感じか。

「まあ、元々戦争し合ってた間柄だから、最初から全てが上手くいく訳じゃない、なんて思ってたんだけど……その動きの中に、組織的なものが見えるんだ」

「ただの反発じゃないってことか？」

「うん、自然発生したものじゃなくて、誰かが煽ってる。他種族が手を繋《つな》ぐよりも、喧嘩《けんか》していた方がいいと思っている勢力がね。君の住む魔境の森は、彼の国と近かったよね？　出来れば、手を貸してあげてほしいんだ」

「わかった、そういうことなら協力しよう。詳細はあっちの王に聞けばいいか？」

「そうだね、レイド国王に聞いてもらった方が早いかな。僕も数人、応援は送るつもりだから、何かあれば君と協力して事に当たるよう言っておくよ。——それで、君の奥さんの出産は、いつくらいになりそうなんだい？」

魔界王の言葉に、俺は首を横に振る。

「それが、正直わからないんだ。アイツ、龍族でありながら魔法でヒト種の姿になってっからな。龍族として考えると、出産まで二年くらい掛かるそうなんだが、身体的にはヒト種と同じものになっているから、どっちを基準にすればいいかわからなくてさ」

「あー……そっか。わかった、とりあえずじゃあ、僕の方で医者は見繕っておくよ。——よし、君の子供が生まれたら、ウチでパーティでも開こうか。王達も呼んで、盛大に祝ってあげるよ」

ニヤニヤと、楽しそうに笑みを浮かべる魔界王に、俺は苦笑を溢す。

「気持ちは嬉《うれ》しいが、盛大にはよしてくれ。ウチの嫁さんが嫌がりそうだ。……んじゃあ、俺の子供が生まれたら、お前のことは知り合いのおじさんとして紹介してやろう」

「ハハハ、おじさんか。うん、いいね、悪くない！　いやぁ、僕も何だか、君達の子供がとっても楽しみになってきたよ！　ユキ君、この後急ぎの用事はあるのかい？」

「いや、特にはないが」

「よし！　なら、今日の公務はこれでやめ！　ユキ君、お酒飲もう、お酒」

パンと手を合わせ、彼は座っていた玉座から立ち上がる。

「お、おう、俺はいいが、アンタはそれでいいのか？」

特に何日後に帰ると言った訳ではないので、時間に余裕はあるが……。

「ユキ君、いいかい？　僕はこの国の王様なんだ。つまり、一番偉いのが僕なのさ！　そうである以上、好きな時に好きなようにお酒を飲んでも、誰も僕を止めることは出来ないんだよ」

「いや、まあ、アンタがいいんなら、いいんだけどよ」

アンタ、そういうキャラだったたか？

思わず呆《あき》れた笑いを溢していると、魔界王は次に外へ向かって声を張り上げる。

「ルノーギル！」

「ハッ、ここに」

すぐにこの場に現れたのは、俺も知っている魔界王の部下の一人。

近衛隠密兵、ルノーギル。

「お、ルノーギル？　アンタも、ローガルド帝国から帰って来てたのか」

ローガルド帝国にて、ゴタゴタの処理をしていたはずだが、向こうが一段落でもしたのだろうか。

「ユキ殿、ちょっと前以来ですねぇ。えぇ、一時的になので、すぐにあっちへ戻ることにはなっていますがねぇ。――それで、魔界王様、どうされましたか？」

「うん、今からお酒を飲むから、君も参加してね。拒否権はないよ！」

「おや、魔界王様がそう仰《おつしや》るのは珍しいですねぇ。フフ、わかりました、私も参加させていただきますよぉ」

「魔界王、それ、パワハラだぞ」

そうして俺達は、上機嫌な魔界王に連れられ、謁見の間を後にした。

エピローグ　良き未来を、あなたに

深夜。

「ただいまー」

「おかえり——って、何じゃお主、酒臭いぞ」

ダンジョン帰還装置で帰ってきた俺を、顰《しか》め面のレフィが出迎える。

すでに夜遅いため、皆寝静まっている。

レフィも横になっていたのだろうが、人の気配で起きたようだ。

「流れでな、魔界王のところでちょっと飲んできた」

「その様子では、ちょっとではなかろう。お主が酔うとなると、相当じゃぞ」

「ん、あぁ……そんな気もする」

ふわふわした頭のまま、回りにくい舌でそう答える。

とても楽しい酒盛りだった。

普段表情の読めない魔界王が感情をさらけ出し、意外と酒が弱かったらしいルノーギルが酔っぱらっている様子に笑い、それぞれがするどうしようもない話でも笑う。

魔界に関する話も面白かったし、こっちのダンジョンに関する話もそれなりに楽しんでくれていたと思う。

魔界王御用達の店だっただけあって、料理も酒も、非常に美味《うま》かった。

レイラの料理と、どっこいどっこいと言えば、その美味さも伝わることだろう。

……いや、それだけではないのか。

きっと、その時間が楽しかったから、料理も非常に美味《おい》しかったのだ。

羊角の一族の里でも、そうだった。我が家の面々と、そしてお師匠さんとエミューと共に食べる飯は、やはり非常に美味しく、それゆえ強く記憶に残っているのだろう。

ちなみに、ローガルド帝国前皇帝シェンドラ、あらためシェンもまた魔界王は誘ったようなのだが、彼は「いや、悪いのだが、私はもうそういう贅沢《ぜいたく》は、二度とせんと決めたのだ」と言って断ったらしい。

どうやら、彼なりの償いであるらしい。

まあ、彼の命令でローガルド帝国の兵士達が死んでいったことは確かだ。

戦争を起こした張本人として、その責を一生背負っていくつもりなのだろう。

くだらない酔っぱらいどもが、酔っぱらっただけの一日だったが……多分俺は、今日を一生覚えていることだろう。

そんな俺の様子に、我が嫁さんは腰に手をやり、ため息を吐《つ》く。

「全く、用事があると言うて、帰って来たらこれか……とりあえず、お主は風呂《ふろ》に――って、こ、こら」

「レフィ……」

俺は彼女に抱き着くと、そのまま敷かれていた布団に横になる。

「お前は最高の女、いや女房……いや、抱き枕だ……」

「最終的に抱き枕になっておるし。……ハァ、この様子じゃあ、もう駄目そうじゃのう」

「ダメじゃない……俺は、お前がいてくれれば、何でも出来るんだ」

「はいはい、わかったわかった。儂《わし》が共にいてやるから、今日はもう休め」

胸に掻《か》き抱《いだ》かれ、ゆっくりと頭を撫《な》でられている内に、俺の意識はだんだんと遠くなっていく
――。

特別編　将棋は楽しい

羊角の一族の里から帰った、数日後。

いつもの生活空間である、真・玉座の間にて。

「レフィ、将棋しようぜ」

「む、いいぞ。遊び相手がおらん可哀想《かわいそう》なお主のために、儂が相手をしてやろう。心の広い儂に、感謝すると良いぞ」

「おっと、俺と同じくらいの暇人が何か言っていますねぇ。どこかの誰《だれ》かが哀れだったからこそ、俺が気を利かせて誘ってやったということに気付いていないと。やれやれ、困ったことだ」

「ほう、良いのか？　そのようなことを言うて。儂は、可哀想なお主をほっぽって、二度寝に入っても構わないんじゃぞ？」

「別に良いぜ？　お前が勝負から逃げるって言うなら、俺は止めないさ」

「戯《たわ》け、お主が頓珍漢《とんちんかん》なことを言うておるからこそ、儂はそう言ったのじゃ。勝負をせんとは言っておらん」

「……あの二人、よくあんな、スラスラと言葉が出て来るっすよね」

「お互いを煽《あお》ることに関してだけは、世界一だよね、あの二人。しかも、そう言い合いつつも、しっかりと将棋盤の準備をしてるところが二人っぽい」

外野からそんな声が聞こえて来るが、俺達はスルーし、将棋を――。

「――と、そうだ、今日はエクストリーム将棋ごっこでもやるか」

「……何じゃその、お主がリューと茶番を演じている時にやりそうな遊びは」

おう、よくわかってるじゃないか。

「説明しよう！　エクストリーム将棋ごっことは、通常の将棋と違い、一つ一つの駒《こま》に特殊能力を付与し、エクストリームに戦う、超エキサイティン！　な将棋である！」

「あー……よくわからんから、お主が先手でやれ」

「いいだろう、今回は俺が先手を取らせてもらおう！　では――行け、我が『歩』！　歩兵は身軽、故に二マスを一気に移動だ！」

俺は、通常ならば一マスしか進めないはずの歩を、ニマス分前に置く。

「ぬっ、それは反則では⁉」

「これはエクストリーム将棋ごっこなので。将棋でありながら、将棋に非《あら》ず！　故に求められるのは、柔軟な思考なのだよ、レフィ……」

「……なるほどの。大体理解したぞ。それならば――儂のたーん！　『ヒシャ』は、飛ぶという字が入っておるんじゃろう？　儂はヒシャを空に飛ばし、偵察を行わせる！　これによってお主の陣地は丸見え、故に儂の軍勢の行軍速度が上昇じゃ！」

そう言ってレフィは、魔法で飛車を浮かせ、固定する。

その魔法の使い方、すげーカッコいいんだけど。

「な、何……ッ⁉　やるじゃねぇか、レフィ……ッ‼」

「フッ、お主がリューとこんな感じの遊びをしとるのを、儂も散々見とるでな。儂ならばどうするかも考えておった故、問題ない。これならば勝てると思うたのじゃろうが、残念じゃったなぁ」

ニヤリと笑みを浮かべるレフィ。

飛車という名前から連想し、盤上へ浮かせるというその行動に、そこから生まれる効果。

思わず納得してしまった。

だから、レフィの今の一手は有効だ。

そう、こういう類の勝負は、納得が重要なのだ。

納得してしまったら、もう、受け入れるしかない。

「つまり、俺達と一緒に遊びたくて、一人で技を色々と考えていた、と」

「ち、違うわ！　そ、それより、早く次の駒を動かさんか」

「そうだな。俺のターン！　ドロー！」

「どろー？」

「何でもない。——俺は、さらにもう一つ歩を進め、ここに防衛線を築く！　ここを正面突破するのは、これで困難になったぜ？」

「ならば儂は、上空のヒシャから偵察の連絡を送り、こちらのフを潜伏させる！　お主の陣地はこの潜伏に気付けておらん故、次のたーんには背後から奇襲じゃ！　その防衛線は崩壊することじゃろう」

レフィは一番端の歩を盤外に置き、潜伏させる。

コイツ……先程の言葉通り本当に研究していたらしく、すでにこのゲームの真理を理解していやがる……！

「だが、甘いな！　上空に飛車という強兵が飛んでいるのはこちらの陣地からも見えていた！　故に俺が行うのは、端の歩を移動させない代わりに、その場からの地対空攻撃！　ゆけ、スティンガーミサイル発射！」

「すてぃんがーみさいる？」

「そういう攻撃があるんだ。えーっと……お前がわかるところで言うと、『龍の咆哮《ほうこう》』みたいなものか？　地上から放つことが出来て、その上敵を追尾するんだ」

「そのような威力を持った攻撃を、フが放てるのは卑怯《ひきょう》ではないか？」

「いや、ワイバーンくらいなら落とせるだろうが、飛車は多分龍族に近い強さを持つだろうし、スティンガーで倒すのは無理だろうな。けど、地上から攻撃される以上、その場に留《とど》まるのは無理なはずだ。故に一時的に飛車は撤退し、お前が潜伏させた歩はこちらの位置情報が掴《つか》めず、飛車が戻って来るまで死兵となるだろう！」

ピン、と浮いている飛車を指で弾《はじ》くと、クルクル回って後退する。

「ふむ……それならば納得出来るの。隙を見てヒシャを戻すしかあるまいか。あとお主、フを酷使し過ぎではないか？」

「俺、歩って駒、好きなんだよね。だって、持たせる武器によっては、何でも出来るようになるだろ？」

「いや、けどすぐ死ぬじゃろ。ヒシャが龍族と言うならば、上空から一発魔法を放てば全滅じゃぞ」

「そりゃお前、龍族を相手にしたら何でもそうだろうよ。歩じゃない盤面の駒も全部死ぬぞ。ダメダメ、やっぱ飛車が龍族は無しにしよう。ヤタくらいだ」

ウチのペットの一匹であるデカカラス、ヤタ。

アイツならば、亜龍と呼ばれるワイバーンくらいならば簡単にぶっ殺せるので、ちょうど良いだろう。

「えぇ？　ヒシャは将棋の中では最も強い駒じゃろう？　ヤタでは弱くないか？」

「お、お前……アイツだって最近は強くなったんだぞ？　お前は基準が高過ぎだ」

「そうは言うても、将棋においてヤタが最高とすると、その他の兵はそれ以下ということになるじゃろう。弱くないか、その軍？」

「……アレだな。久しぶりに、お前が覇龍だってことを思い出したわ」

「久しぶりとは何じゃ、久しぶりとは！　儂はいつだって世界最強の龍族じゃ。それがわかったのならば、もっと儂を敬うことじゃの」

「敬う……えぇ、敬っていますよ、覇龍様のことは。ハハ」

「ふむ、毛程も思っていないということはようわかった」

「いやいや、そんなことないですよ。きゃーっ、本物の覇龍様だ、握手してー！」

「なるほど、儂を舐《な》め腐っているようじゃな。よし、戦争じゃ」

——そんな感じで俺達は、戦いを続ける。

一手一手思考を巡らし、自らが有利になるための陣地を築き、相手の陣地へと侵略して行く。

戦争だ。

まさしく俺達は、戦争をしているのだ。

そして、ヒートアップし続けた俺達は、すでに将棋盤などという小さな戦場からは離れ、お互い立ち上がり、王将を手にして構えを取っていた。

「……お主と対峙《たいじ》した時から、きっとこうなるのでは、と思っていた。最後には、王同士の一騎打ちになると」

「フッ……奇遇だな。俺も同じことを思っていた。最終的には、部下ではなく、俺自身——王である俺自身が、お前を倒すことになるだろうとなァッ！」

「ハッ、妄想を見ておるようじゃなっ！　儂がしかと、お主の眼前に現実を叩《たた》き付けてやるとしようっ！」

「お二方、もうちょっとで晩ごはんの時間ですよー」

「「先に食ってくれ（おれ）」」

「あー……はい、わかりましたー」

レイラは、生温かい目を俺達に向け、去って行った。

――大体いつも、レフィとはこんな感じだ。

しばらくしても勝負が終わらず、ネルかイルーナに怒られるまでが、ワンセットである。

◇　◇　◇

それからまた、ある日のこと。

「……リル、身体《からだ》を一番小さくして、そっちに座って」

「クゥ？」

「……いいから」

エンに言われ、リルは肉体を最小のサイズのものに変えると、板を挟んで反対側――将棋盤の片側に座る。

「……これは、将棋。兵を動かし、敵将を討ち取ることを目的とする、二人零和有限確定完全情報ゲーム。教えるから、リルも覚えて」

「……ク、クゥ」

そんな突然の無茶ぶりに、リルは「い、いや、ヒト種用の遊具を出されても、流石《さすが》にちょっと困るんですが……」と言った感じの鳴き声をあげるが、エンはそんなことなどお構いなしに、言葉を続ける。

「……大丈夫。リルの才能なら、覚えられる。将棋を覚えれば、戦略的思考も学べるって主《あるじ》も言ってた。魔境の森の戦いでペットを指揮するリルも、それは必要なもののはず」

「……クゥ」

「……ん。リルが将棋を打てたら、きっと主も嬉《うれ》しい。そしてエンもとても嬉しい。まだ見ぬ強敵……楽しみ」
グ、と拳《こぶし》を握り、バトル漫画の主人公のようなことを言うエン。
彼女は、頭を働かせ、対戦する系のゲームが大好きである。

こういうゲームが一番強いのはレイラやイルーナであるため、彼女らにはよく対戦を挑み、いつも白熱して満足の行く戦いが出来るのだが……本当にいつもやっているため、流石にちょっと新鮮さが無くなってきていることも確かなのだ。

故に、未知の相手との対戦は、彼女にとってワクワクがいっぱいなのである。

そんなエンの熱意に押され、断れなかったリルは、押されるがまま将棋のルールと駒の動きを覚えていく。

ただ、リルは実際に賢かった。

彼女の説明で大体のところを理解し、それから幾つかの質問をしていく。

「……そうそう。成ると大体その動きになる。違うのは、飛車と角、玉と金。飛車と角の動きは、こう変わる。玉と金は、最初から成ることが出来ない」

リルは盤面をジッと眺め、エンの説明を頭の中で反芻《はんすう》する。

怜悧《れいり》な相貌《そうぼう》に、知性を滲《にじ》ませ──そして、コクリと頷《うなず》いた。

◇　◇　◇

将棋盤を挟み、どうやら対局しているらしい様子のエンとリルを見て、レフィは思わず笑い声を溢《こぼ》す。

「カカ、何じゃ、エン。本当にリルに将棋を教えたのか？」

「……ん。とても賢い」

エンの言葉に、だがそのシュールな絵面が面白く、レフィは笑いを隠せない様子で言葉を返す。

「クックッ……其奴《そやつ》が賢いことは否定せんがな。いやはや、リル、お主はどんどん芸が増えていくのう。その内火の輪潜《わくぐ》りとか、玉乗りとかまでさせられそうじゃな」

実際にさせられそうで、微妙に笑えないリルである。

「それで、どうなんじゃ？　リルは本当に打てるのか？」

「……ん。今一戦したところ。なかなかの打ち筋」

リルはすでに、ルールを覚え切っていた。

ヒトのような手を持っていないため、物理的に打つのが難しかったりするのだが、しかし器用に前脚の爪で駒《こま》を進め、成ってひっくり返す際は相手にやってもらうことで、どうにか打つことが出来ていた。

「ほほー、なるほどのう。――よし、ならば儂《わし》も、お主の飼い主として、是非とも将棋の何たるかを指南してやろうかの！」

「ク、クゥ」

「……お姉ちゃん、強くないけど、大丈夫？」

「何を言う、エン！　確かに儂は強くないが、リルにまで負けるようでは、覇龍なぞとは恥ずかしくて名乗れんのう！」

リルが賢いことは認める。

が、ペットである。しかも、ルールを覚えたばかりだ。

もう少し経《た》ち、リルがゲームに慣れてきた頃《ころ》ならばまだわからないが、まあ流石に負けはしないだろう。

こういうゲームで黒星ばかりであるレフィは、そんなことを考えながら、若干得意げな様子でエンに場所を空けてもらい、リルの対面に座る。

そうして始まった対局は、白熱――しなかった。

数十分後。

「……ま、負けた、じゃと？」

「……ん、お姉ちゃんの負け」

レフィの完敗であった。

「ま、待て、エン！　い、今のは偶々《たまたま》じゃ！　も、もう一度、もう一度勝負せい、リル！　……後で美味《うま》い餌を用意してやるから、次は儂を――」

「やめんかアホ！」

「ふげっ――」

と、そこで俺は、こっそりと八百長《やおちょう》しようとしたレフィの頭をパシンと叩く。

「ったく……何を言い出すかと思えば。俺達相手の時はともかく、ウチの子らの前でそういうことをすな」

「……お姉ちゃん」

「うぐっ……」

物悲しそうな顔で見てくるエンに、流石に堪《こた》えるものがあったのか、何も言えなくなるレフィ。

「はい、お前、これ付けてろ。アホなことをした罰な」

「………」

アイテムボックスから取り出し、『私はペットに負けたことが認められず、八百長しようとしました』と書いた小型のホワイトボードを渡すと、無言で大人しくそれを首から下げ、正座する。

このホワイトボードは、今回のように、我が家で悪いことをした場合に使用する道具だ。

例えば、イルーナが嫌いな野菜をこっそりシィやエンの皿に移そうとした時や、シィが食べてはいけないものを溶かして食べちゃった時や、レフィがおやつを盗み食いした時や、リューが割った皿をこっそり隠そうとした時などに使われる。

ちなみに、コイツを最も使用するのは、レフィと俺である。

……うん。

大人組も割と使っているというのが、こう……我が家って感じである。

「はー、情けない、情けない。負けを負けとして認められないとは、哀れなヤツだ。というか、ペットに負けるとか、ねぇ？　しかも、今日ルールを覚えたばかりの。ちょっと俺にはわかんないっすねぇ」

「ぬ、ぬぅ……」

良い機会なので思う存分煽《あお》るも、現在反省中のレフィは、何も言い返して来ない。

うむ……楽しい。

きっと今の俺は、人生で最も活《い》き活《い》きとした顔をしていることだろう。

「ま、ウチの嫁さんじゃあ全然教える役目を果たせなかったようだし、仕方がないから、代わりに俺が対戦しようじゃないか！　不甲斐《ふがい》ない覇龍様と違って、ちゃんとリルに、将棋のイロハを教えてやるとしよう！」

そうして、レフィに代わって今度は俺がリルの対面に座る。

始まった対局は、先程よりは長引き――数十分後。

「……ま、負けた？」

「……ん、主の負け」

俺の負けだった。

「ま、待て、エン！　ち、違う、これは多少の油断が招いた結果であって、俺の実力が十全に発揮されてないんだ！　り、リル、もう一度勝負しろ！　……お前、俺の配下だろ？　言いたいことはわかるな？　だから、次は――」

「何を言っとるんじゃお主は！」

「ふげっ――」

後頭部を叩かれ、マヌケな声を漏らす俺。

「お主、儂に説教をくれよったな？　そのくせ今、儂と同じことをしようとしおったな？　ん？何とか言ってみよ」

「……スゥー……勘違い、じゃないっすかねぇ」

スッと視線を逸《そ》らす。

「見苦しいぞ、戯けめ！　ほれ、お主もすることがあるはずじゃ！　儂に、こんなものを渡してきたのじゃし、のう？」

「……主」

自身が首から下げているホワイトボードを、こちらに強調して見せてくるレフィに、やはり物悲しそうな顔で俺を見るエン。

「…………」

無言で、もう一枚小型ホワイトボードをアイテムボックスから取り出すと、レフィはそれをひったくり、ペンで書き殴った後、こちらへと返してくる。

俺は、『私はペットに負けたことが認められず、パワハラを働きました』と書かれたそれを、大人しく首から下げ、レフィの隣に正座する。

そんな俺達の前に、エンはちょっと怒った様子で立ち、腕を組む。

「……もう。主も、お姉ちゃんも、負けは負けと認めないと駄目。スポーツマンシップは大切」

「『はい、ごめんなさい』」

正座し、幼女に怒られる覇龍と魔王。

世界広しといえど、こんなものが見られるのはきっとウチだけだろう。

「……リルは、とても強い、良い棋士。負けて悔しくても、尊重して」

「う、うぐっ、た、確かにリルは強かったが……」

「……うぬぬ、ま、まさか此奴《こやつ》に一杯食わされる日が来ようとは……」

「……二人とも」

「『はい、ごめんなさい。尊重します』」

ちなみにこの間、一番困った顔をしているのがリルである。

いやー……本当に強いっすね、リルさん。多分、エンやレイラレベルで強いっすね。

別に俺は、ただ経験者であるというだけで、ボードゲームが強い訳じゃないので、リル程賢いヤツと対戦したのならば負けるのも道理なのかもしれないが……ボードゲームにて、ペットに負ける飼い主。

字面がヤバい。

「――うわっ、何してるの、二人とも？　……八百長に、パワハラ？　いや、ホントに何してるの？」

と、エンに大人しく怒られていると、ネルがこちらに寄って来る。

俺達が首から下げているホワイトボードを見て、その整った眉根《まゆね》を怪訝《けげん》そうに動かす。

「……我々は、敗者だ。故に、こうして敗北を受け入れているのさ」

「うむ……敗者である故、大人しく勝者の言を受け入れておる。そういうことじゃ」

「……二人が悪いことしたから、メ！　ってしてた」

「ク、クゥ……」

「……ん、そっか。なんかカッコいい感じで言ってるけど、二人がおバカなことをしたんだってことはよくわかったよ」

ネルは、呆《あき》れた顔をする。

「その様子からすると、エンちゃんに教わって将棋を覚えたリル君と勝負して、でも負けたのかな？　にもかかわらず、ペットに負けたってことを認めたくなくて、おバカなことをしようとしたって、そんなところ？」

一から十まで全《すべ》てバレている。

我が家の住人達って、全員エスパーなんじゃないっすかね。

押し黙る俺達を見て、一つため息を溢すネル。

「もー、子供じゃないんだから、そういうことしないの！　ほら、見なよ、リル君の困った顔。『勝負ごとだからちゃんとやったけど、でも二人相手ならこっそり負けた方が良かっただろうか……？』って感じで、ちょっと悩んじゃってるじゃん！」

「……ク、クゥ」

そ、そんなことは……と言いたげな様子で顔を背けるリル。図星か。

お前、本当に、狼《おおかみ》のクセに表情がメチャクチャわかりやすいよな。

ダンジョンの魔物で、意思が伝わってくるから、っていうのを抜いても何を考えているのかすぐにわかるヤツである。

「ぐっ……と、とりあえず、もう一回勝負だ、リル！　確かにお前は強い、だが勝負とは一時のもの！　次は負けん！　無論、本気でやってもらうぞ！」

「そうじゃ！　儂らが出来るのが、えくすとりーむ将棋ごっこだけではないということ、しかとお主にも教えてやろう！」

「……むぅ、二人ばっかり、ずるい。エンも、リルともっと勝負したい。リルは、打ち方が独特で面白い」

「あー、リル君、嫌になったら嫌って言っていいんだからね？　エンちゃんはともかく、レフィとおにーさん、その気になったらもう全然遠慮とかしないんだから。言いたいことはちゃんと言わないとダメだよ？」

「クゥ」

リルは「まあ、いつものことなので」と苦笑するような鳴き声を溢し、そのまま慣れた態度で、対局に付き合う。

そうして散々俺達に勝負させられたリルは、その後やって来た幼女組やリュー、レイラまで相手することになり、遅くなったため晩飯も共に取り、一日が終わる。

私はペットに負けたことが認められずパワハラを働きました。
私はペットに負けたことが認められず八百長しようとしました。

エクストリーム将棋ごっこも含め、我が家ではよくある一日だ。

あとがき

どうも、流優《りゅうゆう》です！　十一巻をご購入いただき、誠にありがとうございます！

まず、宣伝をば。遠野《とおの》ノオト先生が描いてくださっている、コミックスの五巻が同月に発売いたします！　どうぞそちらもよろしく！　作者も、カバー裏にコミックス用ＳＳ《ショートストーリー》を書いたりしていますので、楽しんでいただけたら幸いです。

さて、今巻は戦争の後処理を中心とした、その後の変化を書いた話でした。なんかユキさん、本当に皇帝になっちゃったね。いや、作者がそうしたんだけれども。

そちらはもう、物語の進行に合わせ、今後もなるようになっていくことでしょう。行き当たりばったりとも言う。

ただ、今回『魔帝』にまでなったユキの最終的な称号はもう心に決めてまして、それは――。

そこまで書けたら……嬉《うれ》しいね。

そして、今巻においてやはり一番重要なのは、リューとレイラとの関係の進歩でしょう。

リューに関しては、最初からどうするか決めていたので、話もスムーズに進めることが出来たのですが……問題はレイラさんですね。

彼女をどうするのかは、もう本当に、ずっと考えていました。このまま家政婦のままでいるのか、それとも先へ進ませるのか。

そもそも初期案にいなかったからね、彼女。最初頭にあったのは、ユキ以外だと、レフィ、イルーナ、リュー、ネルくらいだったんですよ。

そのため、彼女の立ち位置に関しては、実は話を書くに当たって悩み続けていました。今のポジションのままでいてもらうのも捨てがたいし、けどなぁ……という。

そうやって悩んだ結果、今巻の少し進んだところへ至った訳ですが、それに後悔はありません。

仲間や師匠と話をし、彼女もまた悩み、自分で選んだ結果だからです。

自らで生き方を選んだ以上、もう言うことはありません。今後、彼らが楽しく生きていけるよう、作者が努力するのみです。気合入れて頑張ろうか。


最後に、謝辞を。

この作品を共に作り上げていただいた、担当さんに、だぶ竜《りゅう》先生に、遠野ノオト先生。

関係各所の皆様に、この物語を読んでくださった読者の方々。

全《すべ》ての方々に、心からの感謝を。


それでは、またお会いしましょう！　あんがとよ！

カドカワBOOKS

魔王《まおう》になったので、ダンジョン造《つく》って人外娘《じんがいむすめ》とほのぼのする 11

2021年5月10日　初版発行

著者／流優《りゅうゆう》

発行者／青柳昌行

発行／株式会社KADOKAWA

〒102-8177
東京都千代田区富士見2-13-3
電話／0570-002-301（ナビダイヤル）

編集／カドカワBOOKS編集部

印刷所／大日本印刷

製本所／大日本印刷

Printed in Japan
ISBN 978-4-04-074080-5 C0093

新文芸宣言

かつて「知」と「美」は特権階級の所有物でした。

15世紀、グーテンベルクが発明した活版印刷技術は、特権階級から「知」と「美」を解放し、ルネサンスや宗教改革を導きました。市民革命や産業革命も、大衆に「知」と「美」が広まらなければ起こりえませんでした。人間は、本を読むことにより、自由と平等を獲得していったのです。

21世紀、インターネット技術により、第二の「知」と「美」の解放が起こりました。一部の選ばれた才能を持つ者だけが文章や絵、映像を発表できる時代は終わり、誰もがネット上で自己表現を出来る時代がやってきました。

UGC（ユーザージェネレイテッドコンテンツ）の波は、今世界を席巻しています。UGCから生まれた小説は、一般大衆からの批評を取り込みながら内容を充実させて行きます。受け手と送り手の情報の交換によって、UGCは量的な評価を獲得し、爆発的にその数を増やしているのです。

こうしたUGCから生まれた小説群を、私たちは「新文芸」と名付けました。

新文芸は、インターネットによる新しい「知」と「美」の形です。

2015年10月10日
井上伸一郎

料理で胃袋わし掴み!?
男子高校生、異世界で
主夫生活始めます!
B's LOG COMICにて
連載中!
ビーズログコミックスより
コミックス絶賛発売中!!
漫画：不二原理夏
原作：港瀬つかさ
キャラクター原案：シソ
シリーズ好評発売中!
最強の鑑定士って誰のこと?
～満腹ごはんで異世界生活～
港瀬つかさ　イラスト／シソ
異世界転移し、鑑定系最強チートを手にした男子高校生の釘宮悠利。ひょんな事から冒険者に保護され、彼らのアジトで料理担当に。持ち前の腕と技能を使い、料理で皆の胃袋を掴みつつ異世界スローライフを突き進む!!
カドカワBOOKS

ゲーム知識を使って、
らくらく
レベル上げ＆
スキルをゲット！
元・世界1位のサブキャラ育成日記
～廃プレイヤー、異世界を攻略中！～
沢村治太郎
illust.まろ

The exiled reincarnated duke wanted to take it easy on the frontier and work the fields.
追放された転生公爵は、辺境でのんびりと畑を耕したかった
～来るなというのに領民が沢山来るから内政無双をすることに～
少年エースplusにて
コミカライズ
連載中！
漫画：佐藤夕子
シリーズ好評発売中！

鍛冶屋ではじめる異世界スローライフ
シリーズ好評発売中!!
第4回カクヨムWeb小説コンテスト
異世界ファンタジー部門〈大賞〉

少年ユウシャ　イラスト／てつぶた

前世でプレイしていたゲームの悪役・ブラットに転生してしまったアラサーゲーマー黒川勇人。待ち受けるのは闇堕ちして討たれる未来。死亡エンドを回避するため奔走するうち、周囲から尊敬を集めてしまい……!?

カドカワBOOKS